LE RETOUR DU JEDI

ŒUVRES DE GEORGE LUCAS
DANS POCKET

STARWARS

1. LA GUERRE DES ÉTOILES *de George Lucas.*
2. L'EMPIRE CONTRE-ATTAQUE *de Donald F. Glut.*
3. LE RETOUR DU JEDI *de James Kahn.*

SCIENCE-FICTION
Collection dirigée par Jacques Goimard

GEORGE LUCAS
présente :

STARWARS

LE RETOUR
DU JEDI

de JAMES KAHN

Traduit de l'américain par
Odile RICKLIN

Titre original :
RETURN OF THE JEDI

Le Code de la propriété intellectuelle n'autorisant, aux termes de l'article L. 122-5 (2° et 3° a), d'une part, que les « copies ou reproductions strictement réservées à l'usage privé du copiste et non destinées à une utilisation collective » et, d'autre part, que les analyses et les courtes citations dans un but d'exemple et d'illustration, « toute représentation ou reproduction intégrale ou partielle faite sans le consentement de l'auteur ou de ses ayants droit ou ayants cause est illicite » (art. L. 122-4).
Cette représentation ou reproduction, par quelque procédé que ce soit, constituerait donc une contrefaçon sanctionnée par les articles L. 335-2 et suivants du Code de la propriété intellectuelle.

© 1983 by Lucas film Ltd (LFL).
© 1983 Presses de la Cité pour traduction française.
© 1983 Éditions G.P., Paris
ISBN 2-266-05040-0

Il y a bien longtemps, dans une très lointaine galaxie...

PROLOGUE

Au plus profond de l'espace. Il y avait la longueur, la largeur et la hauteur. Puis les trois dimensions se replièrent sur elles-mêmes en un arc inimaginable de noirceur, mesurable au seul scintillement des étoiles s'engouffrant dans l'abîme avant de s'empiler à l'infini.

A la couleur, à la taille, à l'activité de ses astres, l'univers mesurait le temps. Il y eut l'orangé des étoiles vieillissantes, le bleu des naines, le jaune des géantes doubles. Il y eut l'écroulement des étoiles à neutrons, la fureur des supernovae sifflant dans le vide glacé. Il y eut des étoiles qui naissaient, des étoiles qui respiraient, des étoiles qui palpitaient, des étoiles qui mouraient. Et il y eut l'Etoile Noire.

Aux confins imprécis de la galaxie, l'Etoile Noire flottait en orbite stationnaire au-dessus d'Endor — une lune verte dont la planète mère, prise dans quelque dantesque cataclysme, avait depuis longtemps disparu dans des royaumes inconnus. Destinée à remplacer la première station fortifiée de l'Empire, détruite bien des années auparavant par les forces rebelles, la nouvelle Etoile Noire était presque deux fois plus vaste que la première. Et plus de deux fois plus puissante. Mais elle n'était pas encore achevée.

Sa demi-sphère d'acier suspendue dans le ciel de la

verte Endor tendait vers sa compagne les sombres tentacules de ses superstructures inachevées, telles les pattes de quelque mortelle araignée.

Un destroyer impérial se rapprochait à vitesse de croisière de la station spatiale géante. Enorme — de la taille d'une ville —, il se déplaçait pourtant avec la grâce tranquille d'un gigantesque dragon marin. Autour de lui, une nuée de noirs insectes — des chasseurs Tie équipés de tout récents moteurs à ions — zébraient l'espace, repérant, sondant, s'arrimant ou se regroupant.

Silencieusement, la soute principale du vaisseau s'ouvrit. Accompagnée par le bref éclair de la mise à feu, une navette impériale émergea de l'ombre du compartiment pour plonger dans celle du vide et accéléra en direction de l'Etoile Noire.

Dans le cockpit de la navette, le commandant et son copilote effectuaient les ultimes vérifications avant d'entamer la séquence de descente. Dans l'habitacle régnait une tension qui ne devait rien à la manœuvre en cours — une manœuvre que l'équipage avait déjà exécutée des milliers de fois.

Le commandant abaissa le commutateur du transpondeur.

— Allô la base, ici ST321, lança-t-il dans le micro intégré à son casque. Code d'accès bleu. Nous entamons notre approche. Demandons désactivation du bouclier de sécurité.

Des parasites crachotèrent dans le récepteur, bientôt remplacés par la voix d'un contrôleur.

— Bien reçu, ST321. Vérifions votre code d'accès avant désactivation du déflecteur. Placez-vous en attente.

Le silence retomba dans le cockpit. Visiblement nerveux, le commandant se mordit l'intérieur de la joue et lança un rapide coup d'œil au copilote.

— Pourvu qu'ils se remuent un peu là-dessous, souffla-t-il. *Il* n'est pas d'humeur à attendre...

Il refréna l'envie de se retourner vers la section réservée aux passagers et d'où provenait le son inquiétant d'une respiration mécanique...

Dans la salle de contrôle de l'Etoile Noire, l'équipe des opérateurs s'activait devant les consoles gérant le trafic aérien, qui distribuant les autorisations de décollage, qui attribuant les aires d'atterrissage... L'opérateur affecté au bouclier de sécurité haussa soudain un sourcil inquiet : sur son écran de contrôle, le champ d'énergie émanant de la lune verte et qui enveloppait l'Etoile Noire était en train de se dissoudre, de se rétracter pour ne plus former qu'un étroit chenal — le long duquel progressait en toute liberté un point noir : la navette. Indécis sur la conduite à suivre, l'opérateur fit appel à un officier supérieur.

— Qu'est-ce qui ne va pas ? s'enquit celui-ci.

— Il semble que cet appareil bénéficie d'une priorité absolue, répondit l'opérateur chez qui la peur le disputait à l'incrédulité.

Pour l'officier, la conclusion s'imposait d'elle-même.

— Vador ! murmura-t-il à mi-voix.

Puis, abandonnant la baie au-delà de laquelle la navette se préparait à atterrir :

— Informez le commandant de la base de l'arrivée du Seigneur Vador, lança-t-il au contrôleur avant de prendre d'un pas vif la direction de la soute d'arrimage.

Soudain ramenée à des proportions lilliputiennes par le gigantisme de la soute, la navette s'immobilisa en douceur. Alignés sur deux rangs au pied de la passerelle, des centaines de soldats attendaient, figés au garde-à-vous : hommes de troupe en tenue blanche, officiers en uniforme gris, et l'élite, les hommes de la garde impériale, reconnaissables à leur imposante tunique rouge. Un claquement de talons salua l'entrée de Moff Jerjerrod.

Grand, mince, arrogant, Jerjerrod était le commandant en chef de l'Etoile Noire. D'un pas égal, il remonta la haie de soldats jusqu'à la rampe de débarquement de la navette. Jerjerrod ne se hâtait jamais : un homme qui se hâte est un homme qui désire être ailleurs ; Jerjerrod, lui, était exactement là où il voulait être. « Les grands hommes ne se pressent jamais, aimait-il à répéter ; les grands hommes pressent *les autres*. »

Jerjerrod n'était pas pour autant imperméable à l'ambition ; et il avait conscience qu'une visite comme celle du Seigneur Noir ne devait pas être prise trop à la légère. Aussi s'immobilisa-t-il au pied de la navette dans une attitude qu'il jugeait de circonstance : dépourvue de hâte mais empreinte de respect.

Au moment où l'écoutille se souleva, une onde de frisson parcourut la haie d'honneur. D'abord ce ne fut que l'ombre dense. Puis un bruit de pas, accompagné du ronflement sifflant si caractéristique ; et finalement, Dark Vador, le Seigneur Noir de la Sith, émergea du néant.

Vador descendit lentement la rampe, le regard fixé au-delà des hommes assemblés, pour s'arrêter au niveau de Jerjerrod. Le commandant salua l'arrivant d'une inclination de la tête.

— Monseigneur, énonça-t-il, votre visite inattendue nous honore. Croyez bien que...

— Nous pouvons nous dispenser des effets comiques, Commandant !...

La voix de Vador résonnait, comme sortie d'un puits.

— ... L'Empereur s'inquiète de la lenteur des travaux. Je suis ici pour veiller à ce que les délais soient respectés.

Pour Jerjerrod, c'étaient là des nouvelles désagréablement inattendues et il pâlit visiblement.

— Mais je vous assure, Monseigneur, protesta-t-il,

que mes hommes travaillent aussi vite qu'il est possible de le faire.

— Peut-être, gronda Vador, trouverai-je, pour encourager leurs efforts, des moyens que vous n'avez pas envisagés.

La menace était explicite. Les « moyens » n'étaient pas ce qui manquait au Seigneur Noir. Des moyens avec lesquels personne ne souhaitait faire connaissance.

Jerjerrod sentit une boule glacée lui bloquer la gorge, mais il parvint néanmoins à conserver un ton égal pour déclarer :

— Ce ne sera pas nécessaire, Monseigneur. Je puis vous assurer que cette station sera opérationnelle en temps donné.

— Je crains que l'Empereur ne partage pas votre évaluation optimiste de la situation.

— Je crains qu'il ne demande l'impossible.

— Peut-être pourrez-vous le lui expliquer à son arrivée ?

Derrière le masque impénétrable, la raillerie était évidente et la pâleur de Jerjerrod s'intensifia.

— L'Empereur compte nous rendre visite ?

— Mais oui, Commandant. Et je vous laisse imaginer sa contrariété si vous êtes toujours en retard sur les prévisions à ce moment-là.

La voix s'était amplifiée, afin que toute l'assemblée puisse faire son profit de la menace.

— Nous allons redoubler d'efforts, Seigneur Vador.

Pour Jerjerrod, ce n'étaient pas là paroles en l'air. En cas de force majeure, même les grands hommes ne devaient-ils pas se hâter ?

— Je l'espère, Commandant, dans votre intérêt, reprit Vador sur le ton de la conversation. L'Empereur n'est pas aussi indulgent que moi.

1

Tout autour de la petite hutte d'adobe, la tempête de sable rugissait et se lamentait, telle une bête à l'agonie qui se refuse à mourir. Par contraste, l'intérieur de la cabane n'en paraissait que plus calme, plus frais, plus ombreux.

Accroupie sur le sol, une silhouette enveloppée d'une vaste tunique s'activait à quelque mystérieuse tâche. Les deux mains brunies émergeant des manches du caftan manipulaient d'étranges outils. Sur le sol était posé une sorte de disque de métal à la surface gravée de symboles cabalistiques d'où pendait, telle la queue d'une comète, un écheveau de fils. Les mains raccordèrent les câbles à une poignée souple, tubulaire, mirent en place une pièce de raccordement, apparemment faite de matière organique, avant de sceller l'ensemble à l'aide d'un nouvel ustensile. Sa tâche achevée, l'homme fit signe à une courtaude forme sombre, immobile dans l'ombre de la hutte.

— Vrrr-dit dweet ? trilla le petit R2 en s'avançant pour s'arrêter à distance prudente de l'étrange appareil.

Puis sur un nouveau signe d'encouragement, D2-R2 se décida à couvrir les derniers décimètres avec un bip-bip rassuré et les mains se levèrent en direction du petit dôme de sa tête.

*
**

Le sable fin balayait avec rage les dunes de Tatooine. Le vent semblait s'élever de partout à la fois, typhon ici, bourrasque là, blizzard ailleurs, se calmant brusquement pour mieux redoubler de violence à la minute suivante.

La blessure d'une route marquait la plaine déserte, une route en perpétuel changement, disparaissant parfois sous des tourbillons de sable ocre que lavait le coup de vent suivant; parfois brouillée tel un mirage par les brumes de chaleur. Une route éphémère, une route de cauchemar; mais la seule à conduire au palais de Jabba le Hutt.

Contrebande, trafic d'esclaves, meurtres commandités, Jabba trempait, par hommes de main interposés, dans tout ce que la galaxie comptait de sales combines. En matière de criminalité et d'atrocités, son imagination ne connaissait pas de bornes et sa cour avait pour réputation d'être l'antre de toutes les turpitudes. On murmurait même que si Jabba avait choisi Tatooine pour lieu de résidence, c'était parce que seule l'aridité de fournaise de la planète pouvait lui éviter l'ultime décomposition.

En un mot comme en cent, même pour un droïd, ce n'était vraiment pas un endroit *fréquentable* et Z-6PO ne se privait pas de le faire savoir à son compagnon de route, tout en progressant en direction du palais.

— Poot-wEEt beDOO gung ooble DEEp! trilla moqueusement D2.

— Bien sûr que je suis inquiet! rétorqua 6PO. Et tu devrais l'être aussi. Le pauvre Lando Calrissian n'est jamais ressorti de cet endroit. Je frémis à l'idée du sort qu'ils lui ont réservé.

La carcasse métallique de 6PO aurait bien été incapable du moindre frémissement, mais l'heure n'était pas aux remarques acides et D2 se contenta de lui renvoyer un petit sifflement de sympathie.

Les deux compères achevaient de contourner une dune de sable et 6PO s'arrêta tout net au vu de la masse sombre et inhospitalière qui se dressait tout près : le palais !

D2, dont les circuits étaient parfois affectés d'une lenteur de réaction que, chez un humain, on aurait attribuée à de l'étourderie, faillit rentrer tout droit dans son ami et n'eut que le temps de glisser sur le côté.

— Regarde un peu où tu vas, protesta 6PO.

Son petit compagnon à ses côtés, le droïd-protocole se remit en marche comme à regret, aussitôt repris par ses pensées moroses.

— Je me demande pourquoi ce n'est pas Chewbacca qui a été chargé de délivrer ce message ? geignit-il. Mais non ! Chaque fois qu'il y a une mission impossible à remplir, c'est à nous qu'en échoit la charge. Personne, jamais, ne se soucie des droïds. Vraiment, je me demande parfois comment nous pouvons tolérer un tel manque de considération...

Il discourait encore lorsque son compagnon et lui atteignirent le massif vantail de fer qui interdisait l'entrée du palais — gigantesque ensemble de tours cylindriques où le fer le disputait à la pierre, émergeant telles de monstrueuses tiges de la montagne de sable.

Plantés devant l'énorme porte dont le linteau disparaissait dans le ciel, les deux droïds activèrent leurs senseurs, à la recherche d'un signe de vie ou d'un dispositif qui leur permette de signaler leur arrivée, jusqu'au moment où, constatant l'absence de quoi que ce soit qui puisse se classer dans l'une ou l'autre catégorie, Z-6PO se décida à faire appel à l'une de ses fonctions les plus sophistiquées : l'initiative. Il s'avança, frappa trois coups discrets à l'épaisse porte métallique, et se retourna aussitôt en annonçant à D2 :

— Ce lieu semble déserté. Nous n'avons plus qu'à retourner présenter notre rapport à Messire Luke.

Soudain, une petite ouverture apparut dans le panneau, d'où jaillit un bras articulé au bout duquel un gros œil électronique examina les arrivants.

— Tee chuta hhat yudd ! décréta l'œil.

Conscient de son rôle de plénipotentiaire, 6PO fit taire le léger frémissement de ses circuits et annonça fièrement :

— Hairdeu Dédeuwha ob Zed Cispéosha ey toota mischka Jabba.

L'œil prit son temps pour examiner les deux robots sous toutes leurs soudures puis se rétracta sans commentaire. La petite fenêtre se referma d'un claquement sec.

— Boo-dEEp gaNOOong, commenta sombrement D2.

6PO acquiesça de la tête.

— Je ne pense pas qu'ils vont nous laisser entrer, D2. Nous ferions mieux de partir.

Il se détournait pour mettre son projet à exécution lorsqu'un horrible grincement le figea sur place. Lentement, l'énorme porte était en train de se soulever. Immobiles, comme court-circuités, les deux droïds fixaient le trou qui béait maintenant devant eux.

De l'ombre leur parvint la curieuse voix de l'œil.

— Nudd chaa !

D'un bip décidé, D2 prit la direction des opérations et 6PO, toujours hésitant, le vit s'enfoncer dans l'obscurité.

— Attends-moi !... cria-t-il en se lançant à la poursuite de son ami.

Puis, conscient qu'il avait une dignité à préserver :

— ... Tu risquerais de te perdre, ajouta-t-il.

La grande porte claqua derrière les deux robots avec un bruit à la mesure de sa taille et, avant d'avoir pu décider de la direction à prendre, les deux compères se retrouvèrent face à trois massives silhouettes porcines. Quand on connaissait la haine atavique des Gamorréens pour les robots, il n'y avait pas là de quoi rassurer le pauvre 6PO. Sans un mot, les gardes dirigèrent les deux droïds vers un couloir vaguement éclairé et l'un d'eux grogna un ordre. D2 lança à 6PO un trille nerveux qui demandait des explications.

— Tu n'as pas à savoir, rétorqua le droïd doré. Ton travail, c'est de délivrer le message de Messire Luke et de nous faire sortir d'ici au plus vite.

Une forme venait d'émerger d'un couloir perpendiculaire : Bib Fortuna, le peu ragoûtant maître des cérémonies de cette cour dégénérée. C'était une longue créature humanoïde à la vision spécialisée et dont le corps était entièrement enveloppé d'une cape. A l'arrière de son crâne frémissaient deux épais tentacules sensitifs qu'il portait généralement drapés sur les épaules, en ce qui se voulait un mouvement décoratif, ou tendus derrière lui lorsque son équilibre était menacé. Il s'arrêta devant les deux robots, lança avec un mince sourire :

— Die wanna wanga.

— Die wanna wanga, repartit 6PO de son ton officiel. Nous sommes porteurs d'un message destiné à votre maître, Jabba le Hutt...

D2 trilla un post-scriptum auquel 6PO acquiesça d'un hochement de tête.

— ... ainsi que d'un cadeau, traduisit-il.

Alors seulement, ses circuits envisagèrent le sens des mots qu'il venait de prononcer, et c'est avec ce qui, pour un droïd, s'approchait le plus d'un air perplexe qu'il souffla tout haut à l'adresse de D2 :

— Un cadeau ! Quel cadeau ?

Bib secoua la tête d'abondance.

— Nee Jabba no badda, décréta-t-il d'un ton pompeux en tendant la main vers D2. Me chaade su goodie.

Le petit droïd fit un brusque écart en arrière,

accompagnant sa retraite d'une véritable volée de protestations électroniques.

— Mais enfin, donne-le-lui ! insista 6PO.

A son avis, son compagnon pouvait parfois se montrer exagérément *binaire* !

Mais D2 restait ferme sur ses positions, enchaînant furieusement bib-bip et cliquetis, jusqu'à ce que 6PO se décide, de mauvaise grâce, à obtempérer. Le droïd-interprète adressa à Bib un sourire d'excuses.

— D'après mon compagnon, traduisit-il, les instructions de notre maître stipulent que le cadeau doit être remis à Jabba en personne.

Puis, désignant de la tête le petit R2 :

— Croyez bien que je suis désolé, ajouta-t-il d'un ton protecteur, mais j'ai peur que sur ce type de sujet, il ne se montre vraiment entêté.

Bib prit son temps pour étudier le problème, puis, son opinion arrêtée, il fit signe aux droïds de le suivre et repartit dans la direction d'où il était venu, les deux robots derrière lui, les trois brutes fermant la marche.

— D2, murmura 6PO d'un ton pénétré, cette histoire ne me dit rien qui vaille.

*
**

Z-6PO et D2-R2 se tenaient à l'entrée de la salle du trône et, pour la millième fois, 6PO maudit le Grand Ingénieur pour ne pas lui avoir octroyé de paupières qu'il puisse fermer.

— Nous sommes perdus, geignit-il.

Les cheminées perçant la voûte de la salle, et qui seules assuraient son éclairement, permettaient néanmoins d'apercevoir, réparti dans les diverses alcôves qui en creusaient le pourtour, tout ce que l'univers pouvait compter comme rebuts : créatures grotesques venues des systèmes les plus primitifs, abruties de boisson et baignant dans leurs vapeurs fétides, caricatures d'humains, Gamorréens, Jawas... Grognements, sifflements et rires gras s'entrecroisaient, racontant, comparant des plaisirs de brutes. Face à l'entrée, avachi sur une estrade dominant l'orgie, trônait le plus répugnant d'entre tous : Jabba le Hutt.

Jabba. Une tête énorme — trois, peut-être quatre fois celle d'un humain — et entièrement chauve. Des yeux de reptile. Une peau écailleuse recouverte d'un mucus graisseux. Une bouche dépourvue de lèvres, blessure ouverte d'une oreille à l'autre aux bords de laquelle moussait une bave jaunâtre. Pas de cou mais un empilement de mentons qui se perdaient dans un corps bouffi de gavé, dépourvu de membres inférieurs et se terminant en une épaisse queue de serpent étalée sur toute la largeur de l'estrade comme un tube de pâte molle. De chaque côté du torse, deux bras ridiculement petits et terminés par des mains aux doigts gluants qui étreignaient présentement l'embout d'une pipe à eau.

A l'autre extrémité de l'estrade, aussi loin de Jabba que le lui permettait la chaîne qui lui encerclait le cou, une mignonne danseuse fortunienne promenait sur l'assistance un regard de bête traquée, balançant lentement, comme pour bercer sa peur, les deux tentacules insérés à l'arrière de sa tête et qui caressaient joliment son dos nu et musclé.

Enfin, assis tout contre le ventre de Jabba, un petit reptile simiesque récoltait au passage tout ce qui tombait de la bouche de son maître et enfournait bouchée sur goulée, sans interrompre pour autant son écœurant caquètement.

Bib Fortuna s'avança jusqu'à l'estrade, se pencha délicatement en avant et murmura quelques mots à l'oreille du monarque bavotant. Deux yeux réduits à de simples fentes se tournèrent vers les robots immobiles dans l'entrée, et un rire de dément secoua les plis graisseux de Jabba, dégénérant progressivement en une énorme quinte de toux.

— Bo shuda, éructa enfin le maître des lieux qui, s'il comprenait plusieurs langues, se faisait généralement un point d'honneur de ne parler que le hutt.

Leurs délicats circuits frémissant de répulsion, les deux droïds s'avancèrent jusqu'au pied de l'estrade.

— Le message, D2, le message, souffla 6PO d'un ton pressant.

Avec un sifflement d'acquiescement, le petit R2 produisit un pinceau lumineux, créant l'hologramme de Luke Skywalker. L'image grandit, grandit... Au moment où un guerrier Jedi de trois mètres se tint debout, dominant l'assistance, un grand silence se fit dans la salle.

— Mes hommages, Votre Grandeur, déclara l'hologramme. Permettez-moi de me présenter : Luke Skywalker, chevalier Jedi et ami du capitaine Solo. Je demande audience à Votre Grandeur afin de discuter le rachat de la vie de mon ami.

Un énorme éclat de rire secoua l'assistance, que Jabba fit taire instantanément d'un geste de la main.

— Je sais combien vous êtes puissant, reprit l'image de Luke. Et je sais que votre colère contre Solo est à la dimension de cette puissance. Mais je suis certain que nous parviendrons à conclure un accord qui soit profitable pour les deux parties. Et comme gage de ma bonne foi, je vous prie d'accepter en présent ces deux droïds.

6PO fit un bond en arrière, comme piqué par un aiguillon électrique.

— Quoi ! Qu'est-ce qu'il a dit ?

— ... tous deux sont hautement sophistiqués, poursuivit Luke, et ils vous seront d'une grande utilité.

Sur quoi l'hologramme disparut. 6PO secoua la tête à plusieurs reprises, comme pour en chasser ce qu'il venait d'entendre.

— Oh ! non, soupira-t-il, c'est impossible, impossible ! Tu as dû délivrer le mauvais message, D2.

Jabba éclata de rire, ce qui déclencha l'éruption d'un nouveau torrent de bave.

— Un marché plutôt que la guerre ! s'écria Bib en hutt. Voilà qui n'est pas d'un Jedi.

Jabba acquiesça de la tête, puis à 6PO :

— Il n'y aura pas de marché, graillonna-t-il. Je ne vous lâcherai pas mon ornementation préférée. Pour moi le capitaine Solo est bien là où il est.

Toujours secoué par une sinistre gaieté, il avait tourné la tête vers l'alcôve faiblement éclairée qui flanquait le trône. En suivant son regard, les deux droïds découvrirent, suspendue au mur, la silhouette congelée de Yan Solo. Seuls le visage et les mains émergeaient de la gangue de glace, donnant au malheureux Solo l'apparence d'une statue encore à l'état d'ébauche.

Poussés sans ménagements par un garde, les deux droïds suivaient un passage aussi sombre que l'était leur humeur. Même 6PO se taisait. Des cellules qui tapissaient les murs émanaient d'innombrables cris de souffrance qui résonnaient, lugubres, tout au long de ces catacombes. Parfois, une main ou un tentacule se tendait entre les barreaux d'une porte pour tenter de saisir l'un des infortunés robots.

A une question trillée de D2, 6PO secoua tristement la tête.

— Mais qu'est-ce qui a pu passer dans la tête de Messire Luke ? soupira-t-il, misérable. Serait-ce une faute que j'aurais commise ? Il ne s'était pourtant jamais plaint, jusqu'ici, de mon travail...

Ils avaient atteint l'extrémité du couloir. Une porte s'ouvrit automatiquement et, d'une poussée bien sentie, nos deux amis se retrouvèrent projetés à l'intérieur. Dès l'entrée, leurs systèmes auditifs furent assaillis par une assourdissante cacophonie mécanique — grincements d'engrenages, claquements de pistons, ronflements de moteurs — tandis qu'un brouillard de vapeur réduisait notablement la visibilité. De deux choses l'une, évalua 6PO : ou cet endroit était la salle des machines, ou on venait de les jeter dans un enfer programmé.

Un hurlement électronique — le cri d'agonie d'un droïd — attira son attention vers l'un des coins de la salle. Emergeant du brouillard, un robot humanoïde de la catégorie des EV-9D9 s'avançait en direction des arrivants et, à en juger par la scène qui se déroulait en arrière-fond, une 9D9 aux appétits on ne pouvait plus humains ; malgré la mauvaise visibilité, 6PO distinguait un droïd, attaché à un chevalet de torture et dont on était en train d'arracher les jambes, tandis qu'une autre équipe de tourmenteurs appliquait des fers rougis sur les pieds d'un second malheureux suspendu la tête en bas. Ce dernier poussa un ultime hurlement puis se tut, les circuits sensoriels de sa peau métallique définitivement hors d'usage.

6PO se tassa sous l'impact du cri, tandis que, en manière de sympathie, ses propres bobinages frémissaient d'électricité statique.

9D9 s'arrêta devant 6PO et, levant ses bras terminés par des pinces :

— Ah ! de nouvelles acquisitions, s'écria-t-elle avec emphase. Je suis EV-9D9, responsable en chef des opérations de cyborgs. Vous êtes un robot-protocole, si je ne me trompe.

— Je suis Z-6PO, cyborg hautement spécialisé et...

— Contentez-vous de répondre par oui ou par non, coupa 9D9, glaciale.

« Encore un de ces robots qui ont toujours besoin de prouver qu'ils sont plus droïds que vous », soupira intérieurement 6PO, avant de répondre à haute voix :

— Euh... oui.

— Combien de langues parlez-vous ?

« Si tu veux jouer à ce petit jeu, ma vieille, on sera deux. »

6PO fit appel à son programme d'introduction le plus protocolaire pour débiter d'un ton digne et officiel :

— Je manipule couramment plus de six millions de formes de communication, et suis apte, éventuellement...

— Magnifique ! Nous sommes privés d'interprète depuis que notre dernier droïd-protocole a attiré sur lui la colère du maître et a été désintégré.

— Désintégré ! croassa 6PO, toutes ses résolutions protocolaires envolées.

Mais déjà 9D9 ne l'écoutait plus. Se tournant vers un garde qui venait d'entrer :

— Celui-là va nous être très utile, décréta-t-elle. Appliquez-lui un verrou limitateur et ramenez-le dans la salle d'audience.

Le garde poussa un grognement d'acquiescement et s'avança lourdement vers 6PO.

— D2, ne me laisse pas ! appela le droïd, tandis que le Gamorréen l'empoignait brutalement et lui faisait franchir la porte.

A la seconde suivante, il avait disparu.

D2 laissa échapper un couinement plaintif, puis, se tournant vers 9D9, lui décocha une véritable tirade de trilles protestataires.

— Une forte tête, à ce que je vois, s'écria en riant 9D9. Mon petit bonhomme, je crois que tu vas bientôt apprendre le respect. Je vais t'affecter à la barge du maître. Il se trouve que plusieurs de nos astrodroïds nous ont été volés ces temps-ci — pour les pièces détachées, j'imagine. Tu feras très bien l'affaire.

Le droïd installé sur le chevalet de torture émit une brève plainte à haute fréquence, ses fils mis à nu lancèrent une dernière gerbe d'étincelles... Il se tut.

**

Dans la salle d'audience, l'orgie battait son plein. Oola, la ravissante créature enchaînée à Jabba, dansait au centre de la pièce, sous les acclamations et les remarques grossières de l'assistance. A l'arrière de l'estrade, 6PO essayait de se faire tout petit, tous ses sens en alerte afin d'éviter à temps le fruit lancé dans sa direction ou le corps projeté entre ses jambes. Il avait bien conscience du peu de dignité de sa position mais, après tout, que pouvait un droïd-protocole dans un endroit aussi peu protocolaire ?

Du nuage de fumée qui entourait Jabba, une main émergea paresseusement, faisant signe à Oola d'approcher. La jeune Fortunienne interrompit instantanément sa danse et un voile de peur passa dans son regard tandis qu'elle reculait en secouant nerveusement la tête. Elle avait manifestement déjà eu à subir des invitations de ce type !

— Da eitha ! gronda Jabba en désignant sur l'estrade un point proche de lui.

Oola secoua à nouveau la tête, le visage figé en un masque de terreur.

— Na chuba negatorie. Na ! Na ! Natoota...

Jabba devint livide. Lâchant la chaîne qui retenait la danseuse, il pressa un bouton. Avant que la jeune Fortunienne ait pu amorcer le moindre mouvement de retraite, le sol se déroba sous ses pieds et elle disparut dans l'ouverture. Quelques secondes de silence suivirent la fermeture de la trappe, puis un rugissement puissant de fauve s'éleva de la fosse, provoquant la ruée d'une dizaine de courtisans vers la grille aménagée dans le sol et d'où ils pourraient observer tout à loisir la mise à mort de la jeune danseuse.

6PO se tassa un peu plus, quêtant du regard un soutien dans le bas-relief qui avait été Yan Solo. Et voilà *à quoi* menait une absence totale de sens du protocole ! se dit-il sombrement.

Sa rêverie philosophique fut interrompue par un soudain tumulte. Il leva les yeux et vit avancer Bib Fortuna, suivi de deux gardes entourant une silhouette drapée dans la tenue chère aux chasseurs de primes — longue cape et casque —, sa prise tenue en laisse. Chewbacca, le Wookie !

— Oh, non ! gémit 6PO dont l'horizon s'assombrissait de minute en minute.

Bib murmura à l'oreille de Jabba quelques mots qui parurent retenir toute l'attention du despote. Le chasseur de primes attendait, immobile, la fin de l'entretien. C'était un humanoïde de petite taille, mince, mais dont n'émanait aucune impression de fragilité, peut-être du fait de la cartouchière qui lui barrait le torse ou de son regard qui, seul visible derrière la fente du casque, paraissait capable de percer les murailles.

Les yeux de Jabba se tournèrent vers l'arrivant qui s'inclina profondément avant de déclarer :

— Mes hommages à vous, puissant Jabba. Mon nom est Boushh.

Il s'était exprimé en ubain, une langue métallique adaptée à l'atmosphère raréfiée qui baignait la planète originelle de cette espèce nomade. Dérogeant à son sacro-saint principe, Jabba fit une tentative pour répondre dans la même langue.

— On l'a eu enfin, le puissant Chewbacca...

Il buta sur le mot suivant puis, avec un grand rire, parut se rappeler qu'il avait désormais un interprète.

— Où est mon nouveau traducteur ? lança-t-il en faisant signe à 6PO d'avancer. Allons ! Souhaite la bienvenue à mon visiteur et demande-lui quel prix il veut du Wookie.

Plus mort que vif, 6PO s'avança et s'exécuta. Tout en l'écoutant, le chasseur de primes jetait autour de lui de rapides coups d'œil, notant au passage les issues possibles, les otages de valeur, les points vulnérables de la forteresse, repérant tout particulièrement dans un coin de la salle Boba Fett, le mercenaire masqué d'acier responsable de la capture de Yan Solo.

L'examen n'avait duré qu'une fraction de seconde et c'est d'un ton égal que le chasseur de primes répondit :

— Je ne traiterai pas à moins de cinquante mille.

6PO traduisit la réponse à Jabba qui entra instantanément dans une rage folle et, d'un coup de sa large queue, expédia le droïd doré à bas de l'estrade. Le malheureux 6PO se retrouva à quatre pattes, en train de fouiller désespérément ses banques de données à la recherche de l'étiquette à respecter en pareil cas.

Jabba poursuivait sa furieuse harangue et 6PO, qui était en train de se redresser, vit Boushh déplacer légèrement son arme comme pour pouvoir l'atteindre plus facilement. Avec un soupir, le droïd se hissa à nouveau sur le trône, se recomposa une attitude et traduisit la quintessence des paroles de Jabba :

— Il n'ira pas au-delà de vingt-cinq mille...

Sur un signe de Jabba, deux gardes s'avancèrent pour empoigner Chewbacca tandis que deux Jawas couvraient Boushh de leur arme et que Boba Fett lui-même levait son éclateur.

— Vingt-cinq mille, plus sa vie, rectifia Jabba.

6PO traduisit fidèlement au milieu d'un silence de mort. Le chasseur de primes ne parut pas le moins du monde impressionné. D'une voix calme, parfaitement dominée, il s'adressa à 6PO.

— Tu vas dire à cette outre gonflée de pourriture qu'il va devoir faire mieux que ça s'il ne veut pas qu'on aille ramasser ses entrailles puantes dans toutes les fentes de ces murs. J'ai en ce moment même la main posée sur un détonateur thermique.

Alors seulement 6PO découvrit la petite boule argentée à demi masquée par la main gauche du mercenaire. L'objet émettait un calme bourdonnement, lourd de menaces. Le droïd regarda alternativement Jabba, puis Boushh.

— Alors ? Qu'est-ce qu'il a dit ? jappa le maître des lieux.

6PO s'éclaircit la gorge.

— Votre Grandeur, il... euh... il...

— Tu le craches, oui ? rugit Jabba.

6PO recommanda ses circuits au Grand Ingénieur, et dans son hutt des grands jours :

— Boushh, lança-t-il, se déclare très respectueusement en désaccord avec Votre Très Haute Altesse et lui demande de reconsidérer sa proposition... Dans le cas contraire, il libérerait le détonateur thermique qu'il tient en main.

Un murmure nerveux passa sur la salle et tous reculèrent d'un pas, les yeux rivés sur la petite boule qui commençait à rougeoyer. Une pleine seconde, le temps parut suspendre son cours. Jabba fixait le chasseur de primes, comme s'il avait pu ainsi le foudroyer sur place. Puis, lentement, une grimace de satisfaction étira sa bouche écumeuse et du tréfonds bilieux de son ventre un rire s'éleva qui vint crever à la surface comme une bulle de gaz sur une fondrière.

— Voilà une canaille comme je les aime. Intrépides et inventifs. Tradroïd, fais-lui savoir que je lui offre trente-cinq mille galacs, pas un de plus. Et qu'il a intérêt à ne pas trop tirer sur la corde.

Un vent de soulagement passa sur l'assistance, mais les armes restaient prêtes dans l'attente de la réaction du mercenaire. Boushh écouta la traduction de 6PO, puis, avec un hochement de tête :

— Zeebuss, acquiesça-t-il en relâchant un poussoir sur la boule.

Aussitôt, l'arme reprit sa couleur argentée.

— Il est d'accord, traduisit 6PO.

Une salve de hourras salua cette heureuse conclusion et une lueur de soulagement traversa les yeux de Jabba.

— Mon ami, annonça-t-il, je t'invite à te joindre à notre fête. Nous causerons affaires plus tard. J'aurai probablement un travail à te confier.

Sur quoi chacun retourna à ses occupations et le chasseur de primes se fondit dans la foule, tandis que Chewbacca était emmené par deux gardes. Il aurait pu sans peine les empoigner et leur faire éclater la tête comme une coquille de noix — pour les punir d'être aussi laids ou simplement leur montrer ce qu'était un Wookie — mais, étrangement, il n'amorça pas le moindre geste de résistance. Pas plus qu'il n'adressa le moindre signe de reconnaissance à la silhouette familière qui se tenait près de la porte, le visage à demi caché par le masque en défenses de sanglier des marais qui composait en partie l'uniforme de la flottille des Sables. Lando Calrissian !

Depuis plusieurs mois, Lando avait réussi à s'infiltrer dans ce nid de vermine afin d'étudier les possibilités de délivrer Yan Solo. Plusieurs raisons avaient motivé sa démarche.

La première, c'est qu'il se sentait — à juste titre — responsable de la fâcheuse posture où se trouvait Yan et voulait réparer, dans la mesure, évidemment, où lui-même n'y laisserait pas de plumes. Or, se fondre parmi ces pirates ne présentait pour lui aucune difficulté et vivre sous une fausse identité lui était presque une seconde nature.

La seconde raison qui l'avait poussé à agir, c'est qu'il voulait apporter sa contribution à l'entreprise des amis de Yan et rejoindre l'Alliance Rebelle. L'Alliance s'efforçait d'anéantir l'Empire et, en la matière, les intérêts de Calrissian coïncidaient avec ceux des rebelles : en le dépossédant virtuellement de son exploitation, l'Empire lui avait marché sur les pieds une fois de trop !

Calrissian avait une troisième raison de s'engager. La princesse Leia lui avait demandé son concours et Lando n'était pas homme à se dérober lorsqu'une princesse appelait à l'aide. Et puis, qui sait ? Peut-être un jour chercherait-elle un moyen de le remercier ?...

Enfin, la justification ultime, c'est que Lando aurait parié n'importe quoi que Yan Solo ne *pouvait* pas être sauvé. Et Lando était tout bonnement incapable de résister à un pari.

Il passait donc ses journées à observer tout ce qui se passait. A observer et à calculer. Il avait assisté à l'arrivée du chasseur de primes, vu emmener Chewbacca... Il recula dans l'ombre et disparut dans un des couloirs de la forteresse.

Dans la salle, l'orchestre entamait une musique endiablée, conduit par un Arcénien reconnaissable à sa peau bleue et à ses énormes oreilles en chou-fleur. Les danseuses envahirent la piste, accueillies par les quolibets des courtisans déjà repris par leur beuverie.

Adossé à une colonne, Boushh surveillait la scène de son regard froid qui passait alternativement des danseuses aux fumeurs, aux buveurs et aux joueurs... Jusqu'à s'arrêter net, comme bloqué par un autre regard, également glacial, fixé sur lui. De l'autre côté de la salle, Boba Fett ne le quittait pas des yeux.

Boushh se déplaça légèrement, son arme serrée dans ses bras comme un enfant que l'on berce. Boba Fett n'avait pas bougé. Invisibles derrière le masque, ses lèvres s'étiraient en une grimace arrogante.

A son tour, Chewbacca était en train de faire connaissance avec le donjon et ses interminables couloirs baignés d'ombre. A un moment donné, un imprudent tentacule s'aventura à travers une grille, mais d'un grondement bien senti le Wookie fit comprendre au prisonnier qu'il n'était vraiment pas d'humeur à plaisanter.

La porte suivante était ouverte. Avant que Chewbacca ait eu le temps de réaliser, les gardes l'avaient poussé à l'intérieur de la cellule et la porte s'était refermée. Il était seul, dans le noir total.

Alors le prisonnier leva la tête et, à travers la montagne de fer et de sable, il adressa à l'espace un long et plaintif reproche.

**

La salle du trône était emplie de silence et d'ombre. Le sol était maculé de sang, de vin, de salive ; des lambeaux de vêtements pendaient un peu partout et des corps inconscients gisaient sous les pièces de mobilier détruites. La fête était terminée.

Une silhouette progressait en silence, rasant les murs, s'arrêtant derrière une colonne ici, une statue là, enjambant parfois un corps inconscient d'où s'élevait un ronflement... C'était Boushh, le chasseur de primes.

Il atteignit l'alcôve au mur de laquelle pendait le bloc qui avait été Yan Solo, jeta autour de lui un regard furtif puis, rapidement, enfonça un bouton visible sur la paroi. Le bourdonnement d'un champ de force se tut et, lentement, le monolithe s'abaissa jusqu'au sol.

Boushh s'avança, étudia le visage gelé du pirate de l'espace, passa doucement une main sur la joue glacée comme sur une pierre rare et précieuse. Le mercenaire prit encore quelques secondes pour étudier les commandes figurant sur le côté du coffre avant d'enfoncer une série de poussoirs. Une hésitation, un dernier regard à la silhouette figée... Boushh abaissa le levier de décongélation. Instantanément, le coffre commença à émettre un sifflement strident et Boushh jeta autour de lui un rapide coup d'œil. Rien ne bougeait dans la salle désertée. Lorsqu'il retourna la tête, la gangue qui enserrait Solo avait commencé à fondre. D'abord les traits de son visage se détendirent, puis ses mains, depuis si longtemps figées en une protestation glacée, retombèrent à ses côtés ; enfin le corps parut se tasser sur lui-même. Avant qu'il ait basculé en avant, Boushh le retint, l'allongea avec douceur sur le sol avant d'incliner son impénétrable masque au-dessus des lèvres closes, à la recherche d'un signe de vie. Rien. Pas un souffle.

Brusquement, d'un mouvement mécanique de jouet, les yeux de Yan s'ouvrirent tout grands et une quinte de toux secoua la poitrine du ressuscité.

— Chut ! intima Boushh. Du calme.

Les paupières de Yan se plissèrent, cherchant à identifier l'ombre vague penchée sur lui.

— Qu'est-ce qui se passe ?... Je n'y vois rien du tout.

Il se sentait totalement désorienté. Six des mois de ce désert qu'il venait de passer en animation suspendue. Et pour lui, une éternité ! Passée à tenter en vain de respirer, de bouger, de crier. Passée à étouffer et à avoir conscience d'étouffer. Et voilà que, soudainement, il se retrouvait au fond d'un insondable puits de nuit.

Si l'univers extérieur lui demeurait opaque, des milliers d'autres sensations se ruaient à l'assaut de son corps. L'air lui lacérait la peau de ses dents de feu ; les vents rugissaient à ses oreilles en ouragans déchaînés ; des myriades d'odeurs envahissaient ses narines, jusqu'à la nausée ; chaque muscle, chaque os se rappelait douloureusement à lui.

Puis vinrent les visions. Visions de son enfance, de son dernier repas, de ses expéditions... comme si toutes les images, tous les souvenirs de sa vie s'étaient trouvés enfermés dans un ballon et que le ballon ait soudain explosé, projetant pêle-mêle son contenu. Et c'étaient trop de sensations, trop de souvenirs à la fois. Dans les minutes qui suivaient la décarbonisation, on avait vu des hommes perdre la raison, devenir désespérément, irrémédiablement fous de ne pouvoir réorganiser en un ordre cohérent et sélectif les milliards et milliards d'images qui traversent une vie humaine.

Solo, lui, avait la tête solide. Opposant son instinct de conservation au raz de marée d'impressions qui menaçait de le submerger, il relégua le trop-plein à l'arrière-plan, ne laissant monter à la surface de sa conscience que les épaves du passé récent : la trahison de Lando Calrissian, de celui qu'il avait considéré comme son ami ; son vaisseau endommagé ; sa dernière vision de Leia ; sa capture par Boba Fett, le chasseur de primes au masque d'acier qui...

Mais où se trouvait-il maintenant ? Que s'était-il passé ? La dernière image qu'il gardait en mémoire était celle de Boba Fett en train de le regarder se transformer en glaçon géant. Etait-ce encore lui qui se trouvait là, venu le soumettre à quelque nouveau tourment de sa composition ?... Ah ! si seulement il pouvait voir *qui* était là...

Les deux mains de Yan se levèrent devant son visage, battant l'air à tâtons pour essayer d'empoigner ce qu'il ne pouvait voir.

— Vous êtes délivré de la carbonite, tenta de le rassurer Boushh. Pour le moment vous souffrez du mal de l'hibernation mais bientôt, vous recouvrerez la vue. Venez, maintenant. Nous devons nous dépêcher de quitter cet endroit.

Se guidant au son de la voix, Yan empoigna le chasseur de primes, explora la surface rugueuse du casque puis, se rejetant en arrière :

— Je ne vais nulle part, déclara-t-il. Et d'ailleurs, je ne sais même pas où je suis...

Il sentait son cœur pomper furieusement le sang, la sueur ruisseler le long de son corps. Il avait chaud ; il avait froid. Et son esprit était assoiffé de réponses.

— Et d'abord, qui êtes-vous ? demanda-t-il d'un ton chargé de soupçons.

Après tout, ce pouvait bel et bien être Boba Fett...

D'un geste vif, le chasseur de primes arracha son casque, révélant l'aimable visage de la princesse Leia.
— Quelqu'un qui vous aime, murmura Leia.
Entre ses mains encore gantées, elle saisit tendrement le visage de Yan et ses lèvres s'unirent longuement à celles du rescapé.

2

Yan avait beau lutter, ses yeux lui refusaient tout service.

— Leia, appela-t-il. Où sommes-nous ?

— Dans le palais de Jabba. Et il faut que je vous sorte de là au plus vite.

Avec des gestes gauches de convalescent, Yan parvint à s'asseoir.

— Pour l'instant, grogna-t-il, je suis complètement dans le brouillard. Je ne vais pas être utile à grand-chose.

Le regard de Leia s'attarda sur celui pour lequel elle avait franchi des années-lumière, risqué sa vie, gaspillé un temps précieux qui allait probablement faire défaut à la Rébellion, un temps qu'elle n'avait pas vraiment les moyens de gaspiller à des fins ou des désirs personnels... Elle l'avait pourtant fait. Parce qu'elle l'aimait.

Les larmes emplirent les yeux de la princesse.

— On y arrivera, murmura-t-elle.

D'un élan, elle le serra dans ses bras, l'embrassa avec fièvre et, à son tour, Yan se sentit submergé par un flot d'émotion. C'est à peine s'il parvenait à croire à sa chance : sa princesse l'avait arraché aux dents de la mort et elle était là, dans ses bras. Incapable de bouger ou même de parler, il l'écrasait contre lui, ses paupières serrées sur ses yeux aveugles, barrière opposée aux réalités sordides qui viendraient les assaillir bien assez tôt.

Et plus tôt encore qu'ils ne le pensaient. Ils étaient toujours perdus dans l'heureuse insouciance de leurs retrouvailles lorsqu'un chuintement inquiétant leur fit lever la tête. En vain Yan écarquilla-t-il les yeux mais Leia, elle, ne voyait que trop bien le piège dans lequel ils étaient tombés. Le rideau fermant le fond de l'alcôve s'était escamoté, révélant, agglutinés du sol au plafond, les plus répugnants échantillons de la cour de Jabba. Et tout ce beau monde béait, bavotait et ricanait à l'envi.

La main de la princesse se porta à sa bouche, retenant un cri.

— Qu'est-ce que c'est ? s'énerva Yan, toujours isolé dans sa nuit.

Du côté opposé de l'alcôve s'éleva un caquètement obscène. Un caquètement de Hutt.

— Je connais ce rire, soupira Yan en refermant les paupières sur l'irrémédiable.

Les tentures séparant le renfoncement de l'estrade s'ouvrirent à leur tour, et le doute ne fut plus permis. Ils étaient tous là : Jabba, Ishi Tib, Bib, Boba ; plus quelques gardes. Et ils riaient, riaient comme si jamais ils n'allaient s'arrêter de rire.

— Quel touchant tableau ! pouffa Jabba. Mon cher Yan, si ta chance ne s'est pas améliorée, on peut au moins dire que tu as fait des progrès dans le choix de tes compagnons.

Même aveugle, Yan savait encore ce que marchander veut dire.

— Ecoutez, Jabba, tenta-t-il. J'étais justement venu pour vous rembourser. J'ai eu un petit contretemps. C'est pas ma faute.

— Il est trop tard, Solo. Tu as peut-être été un bon contrebandier, mais maintenant tu es de la chair à bantha.

Jabba partit d'un rire terrifiant.

Leia bouillait intérieurement. Se trouver retenue de force sur ce misérable caillou et par ce résidu de bas-fonds qui se prenait pour le maître du monde, alors que toute la galaxie était en guerre, c'était plus qu'elle n'en pouvait supporter. Mais une princesse sait tenir son rang en toute circonstance et ce fut d'une voix calme et glacée qu'elle laissa tomber :

— Nos amis sont puissants, Jabba. J'ai peur que vous n'ayez très vite à regretter...

— Bien sûr, bien sûr... — Le vieux brigand paraissait littéralement aux anges. Mais en attendant, j'aurai l'ineffable plaisir de profiter de votre toute gracieuse compagnie.

Il l'attira goulûment à lui, et, en une fraction de seconde, Leia passa en revue mille et une façons de l'occire. Leurs deux visages ne se trouvaient qu'à quelques centimètres de distance et le cœur lui montait aux lèvres de devoir supporter le contact de sa peau huileuse, mais elle tint bon à la pensée qu'elle risquait de se faire écharper par la vermine composant cette cour avant d'avoir pu fuir avec Yan. Tôt ou tard, son heure viendrait. Pour l'instant, l'essentiel était de rester en vie. Elle ravala sa fierté avec son haut-le-cœur, ne s'appliqua plus qu'à éviter du mieux possible le contact avec ce pot de graisse.

En prenant tout son temps, Jabba exhiba une langue épaisse et plaqua un baiser baveux sur les lèvres de la princesse.

C'est le moment que choisit 6PO, qui, depuis le début de la scène, se faisait tout petit derrière le trône, pour risquer un coup d'œil :

— Oh, non ! gémit-il. Je ne peux pas voir ça.

Et il se dépêcha de se détourner avant que ses circuits ne soient définitivement endommagés par un aussi monstrueux spectacle.

*
**

Yan avait été poussé sans ménagements dans une cellule. Il avait entendu la porte claquer, les pas s'éloigner, puis plus rien. La nuit intégrale. A tâtons, il trouva l'un des murs, s'y adossa et, laissant exploser sa rage, se mit à frapper furieusement le sol de ses poings nus. De longues minutes plus tard, lorsque ses mains blessées lui refusèrent tout service, il se calma, tenta d'organiser ses idées.

D'accord, il était momentanément aveugle, mais s'énerver n'arrangerait pas les choses. C'était aussi inutile que d'espérer de la rosée sur un météorite. Il fallait pourtant qu'il trouve le moyen de sauver Leia. Et dire qu'elle avait risqué sa vie pour lui. Où était-elle, maintenant ?...

A la pensée du sort qui devait être réservé à la princesse, Yan sentit son estomac lui remonter dans la gorge, mais il parvint à se dominer et pour chasser les images qui se bousculaient dans sa tête, il entreprit de sonder du poing la paroi. Du roc !

Que faire ? Essayer de passer un marché ? Mais quelle monnaie d'échange avait-il à offrir ?... « Belle gageure, pour un pirate, soupira-t-il, d'essayer de vendre la peau du bantha *avant* de l'avoir volée ! »

Que pourrait-il bien offrir à Jabba ? De l'argent ? Ce poussah n'arrivait même plus à compter celui qu'il possédait. Des distractions inédites ? Le malheur, c'est que rien ne distrairait plus Jabba que de soumettre la princesse à ses désirs bestiaux et de le tuer lui... Non, décidément, les choses allaient mal, très mal. A bien y réfléchir, la situation n'aurait pas pu être pire.

Yan en était là de ses réflexions lorsqu'il entendit le grondement. Un grondement profond, formidable, qui fit exploser la nuit épaisse de la cellule et se dresser les cheveux du Corellien. En un éclair, il fut debout, le dos toujours collé à la muraille.

— On dirait que j'ai de la visite, murmura-t-il.

La créature laissa échapper un véritable rugissement et à la seconde suivante, Yan se retrouva empoigné à bras-le-corps. Il pouvait à peine respirer. Suffisamment tout de même pour reconnaître, outre le contact d'un long pelage, une odeur délicieusement familière.

— C'est toi, Chewie ? parvint-il à articuler.

Un barrissement ravi lui apporta la réponse attendue et, pour la seconde fois en une heure, Yan se sentit submergé de joie.

— Mais attends, lança-t-il. Je ne vois rien, mon vieux. Tu vas peut-être pouvoir m'expliquer ce qui se passe ici.

Ses réflexions défaitistes étaient déjà oubliées. Maintenant, il n'était plus seul. Une chance incroyable lui avait fait retrouver quelqu'un avec qui dresser des plans. Et non seulement quelqu'un, mais l'ami le plus loyal qui se puisse trouver dans la galaxie.

D'une série de grognements modulés, Chewbacca lui apprit ce qu'il voulait savoir.

— Un plan de Lando ? Mais qu'est-ce qu'il vient fiche ici celui-là ?

Nouvelle série de grognements.

— Luke ? Mais Luke est cinglé. Il n'est pas capable de s'occuper de lui. Alors comment veux-tu qu'il sauve quelqu'un ?

— Rowr Ahrgh awf aharowww rowh rohngr grff, expliqua le Wookie.

— Un chevalier Jedi ? Oh mais, il suffit que je m'absente un moment pour qu'ils aient tous la folie des grandeurs !

Mais Chewbacca ne voulait pas en démordre.

— Ça va, ça va, céda Yan avec un hochement de tête dubitatif. En tout cas, je le croirai quand je le verrai...

A cet instant, sa tête fit durement connaissance avec le mur.

— ... si je peux me permettre l'expression, soupira-t-il.

***

Avec des craquements et des grincements qui réclamaient d'autres lubrifiants que le sable et le temps, le portail de fer du palais se souleva sur une silhouette immobile dans la tourmente. Luke Skywalker.

Il était revêtu de la tunique des chevaliers Jedi — une sorte d'ample soutane noire — mais ne portait ni éclateur ni sabrolaser. Aucune bravade dans son attitude : il scrutait l'ombre, prenait la mesure des lieux avant d'y pénétrer. Les événements récents avaient fait de lui un homme, mûri moins par les ans que par la perte de ses illusions d'enfance, la perte de l'absolu. La perte de ses amis, tombés à la guerre. La perte du sommeil, tribut payé aux angoisses des choix à opérer. La perte du rire. La perte de sa main.

Et par-dessus tout, la perte de l'inconscience. Désormais, il savait, et jamais plus il ne pourrait nier cette connaissance qui pesait sur lui.

Une connaissance lourde à porter, mais aussi bénéfique. Elle l'avait rendu moins impulsif, lui avait donné des repères, des valeurs pour lesquelles lutter, la possibilité de choisir véritablement son avenir. Avant son entraînement avec Yoda, il n'était qu'un gamin au talent précoce, maintenant, il espérait bien se montrer digne d'un chevalier Jedi. Il avait désormais son rôle à jouer dans la grande entreprise de l'Alliance — arracher la galaxie aux serres de l'Empire — et il était prêt à le jouer pleinement. Quel que soit le prix à payer.

En attendant, c'était Yan qu'il fallait arracher des mains de Jabba. Luke acheva calmement son examen puis, d'un pas résolu, s'engagea sous la voûte envahie d'ombre.

Presque instantanément, deux Gamorréens s'avancèrent, lui barrant le passage.

— No chuba! intima l'un d'eux, sur un ton qui n'invitait pas à la réplique.

Sans un mot, Luke pointa la main en direction des gardes qui, avant même que d'avoir pu saisir leur arme, se retrouvèrent en train de suffoquer, les mains agrippées à leur gorge pour tenter de la dégager de l'étau qui l'enserrait. Tous deux tombèrent à genoux.

Luke abaissa la main et poursuivit sa route, laissant les deux gardes délivrés s'effondrer mollement sur les marches ensablées sans demander leur reste.

Au tournant suivant, ce fut Bib Fortuna qui se manifesta. Le maître de cérémonies marcha à la rencontre du jeune Jedi en débitant mécaniquement un discours auquel Luke ne prêta pas la moindre attention. Voyant que l'arrivant le dépassait sans ralentir l'allure, Bib fit précipitamment demi-tour et se lança à sa poursuite.

— Vous devez être le dénommé Skywalker, lâcha-t-il, toujours trottinant. Ce n'est pas la peine d'insister, Son Excellence ne vous recevra pas.

— Je vais sur-le-champ m'entretenir avec Jabba, répondit tranquillement Luke, sans ralentir un seul instant.

Ils venaient de dépasser une seconde intersection et le groupe des gardes postés là leur emboîta le pas.

— Le Grand Jabba se repose, expliqua Bib. Et j'ai reçu pour instructions de vous faire savoir qu'il n'y aura pas de marché.

Luke s'immobilisa brusquement et tourna la tête vers Bib. Son regard accrocha celui du majordome et l'emprisonna le temps d'un éclair, tandis que sa main effectuait un mouvement à peine perceptible.

— Tu vas me conduire tout de suite auprès de Jabba, affirma-t-il.

Bib inclina légèrement la tête, comme à l'écoute d'une voix intérieure. Subitement, il n'était plus très sûr des instructions reçues. Ah! mais si. Il se les rappelait parfaitement, maintenant.

— Je vous conduis tout de suite auprès de Jabba, acquiesça-t-il.

Sur quoi, Luke à ses côtés, il se remit en route à travers le dédale de couloirs crépusculaires conduisant à la salle du trône. Luke se pencha à l'oreille du majordome.

— Tu sers bien ton maître, souffla-t-il.
— Je sers bien mon maître, répéta Bib avec conviction.
— Tu es certain d'être récompensé, poursuivit Luke.

Bib produisit un sourire avantageux.

— Je suis certain d'être récompensé, acquiesça-t-il.

L'irruption de Luke dans la salle du trône fit sur l'assemblée tumultueuse l'effet d'une douche glacée. Instantanément, les conversations se turent et tous les regards se tournèrent vers celui qui accompagnait le majordome.

Toujours précédé de Bib, Luke entreprit de rejoindre le trône. Dès l'entrée, il avait repéré Leia, assise tout contre le ventre du despote. Une chaîne lui encerclait le cou et elle ne portait pour tout vêtement que le soupçon de costume des danseuses. Le jeune Jedi n'eut pas un signe, pas un coup d'œil montrant qu'il avait noté sa présence. Il avait immédiatement capté la détresse de la jeune femme, mais il ferma résolument son esprit : il lui fallait présentement se concentrer sur Jabba et uniquement sur Jabba.

Comme dans un duo bien réglé, Leia, de son côté, avait instantanément compris la démarche mentale de Luke et bloqué toute manifestation extérieure afin de ne pas le distraire de sa tâche. Dans le même temps, elle gardait l'esprit grand ouvert, prêt à saisir au vol le moindre fragment d'information susceptible de lui permettre de passer à l'action.

6PO, lui aussi, avait vu Luke, et pour la première fois depuis des jours, il se risqua à puiser dans son programme d'espoir.

— Ah ! Messire Luke est enfin arrivé pour me tirer de là, émit-il.

Bib avait atteint le pied de l'estrade. Il se mit au garde-à-vous pour annoncer fièrement :

— Maître, je vous présente Luke Skywalker. Chevalier Jedi.

— Je t'avais dit de ne pas le laisser entrer, gronda Jabba.

— Qu'on me permette de parler, intervint Luke.

Il avait parlé d'un ton uni, mais ses mots parurent résonner dans toute la salle comme un coup de tonnerre.

— Qu'on lui permette de parler, renchérit Bib d'une voix pénétrée.

Un coup violent, asséné en pleine face, l'envoya rouler à terre.

— Espèce de débile mental ! rugit Jabba. Tu ne vois pas qu'il t'a possédé avec un vieux truc de Jedi ?

Dans la salle, le brouhaha avait repris, chacun s'interrogeant sur ce curieux jeune homme se réclamant d'une caste aujourd'hui disparue. Luke refoula aux limites de sa conscience cette horde bigarrée, toute sa puissance de suggestion concentrée sur Jabba.

— Vous allez me faire amener ici Yan Solo et le Wookie, énonça-t-il lentement.

Mais Jabba se contenta de rire méchamment.

— Tes tours de passe-passe ne marchent pas avec moi, gamin. Les schémas de pensée humains me sont totalement étrangers. Figure-toi que, du temps où le nom de Jedi avait encore un sens, je tuais sans problème ceux de ton espèce.

Manifestement, il disait vrai. Luke modifia sa stratégie en conséquence, intérieurement aussi bien qu'extérieurement.

— Quoi qu'il en soit, je vais emmener avec moi le capitaine Solo et ses amis. Vous avez le choix : passer avec moi un accord profitable... ou être anéanti. Réfléchissez bien, et ne faites pas l'erreur de sous-estimer mes pouvoirs.

La souris menaçant le lion ! Jabba éclata d'un rire tonitruant.

6PO, qui avait observé l'échange avec une grande attention, se pencha en avant pour murmurer à l'oreille de Luke :

— Maître, vous êtes en train de danser sur une...

D'une poussée, un garde le ramena à sa place. Déjà, Jabba ne riait plus. Visiblement, il jugeait que la plaisanterie avait assez duré.

— Il n'y aura pas de marché, jeune Jedi, trancha-t-il. Je vais tout simplement avoir le grand plaisir de te voir mourir.

Luke se contenta de tendre la main et, docilement, le pistolaser d'un garde jaillit de son étui pour venir se loger dans sa paume.

— Boscka ! cracha Jabba.

Le sol se déroba soudain sous les pieds de Luke qui se retrouva projeté dans la fosse en compagnie du garde. La trappe était à peine refermée que tous les sinistres courtisans se pressaient déjà à la grille pour assister à la curée.

— Luke ! gémit Leia.

Elle était à la torture, comme si toute une part d'elle-même venait de lui être arrachée et précipitée dans la fosse. Un élan la jeta en avant, immédiatement brisé par la chaîne fixée au collier qui lui enserrait le cou. Et brusquement, Leia ne fut plus capable de se dominer, plus capable de supporter le rire rauque qui secouait cette lie d'humanité. Elle banda ses muscles pour rompre ses liens et prendre la fuite

Une main apaisante, discrètement posée sur son épaule, lui fit lever la tête. C'était Lando. Imperceptiblement, il secoua la tête et, imperceptiblement, les muscles de Leia se détendirent. Non, l'heure n'était pas encore venue et, comme tout bon joueur, Lando le savait. Toutes les cartes étaient maintenant réunies — Luke, Yan, Leia, Chewbacca... et même cette bonne vieille crapule de Lando. Mais il ne fallait pas gâcher une aussi belle main à ce tour-ci. Les mises étaient trop élevées.

Dans la fosse, Luke boula sur lui-même et fut aussitôt debout pour découvrir qu'il se trouvait dans une sorte de cave aux parois constituées de blocs grossièrement assemblés et parcourus de profondes crevasses. Les os à demi rongés qui jonchaient le sol disaient assez le sort subi par les précédents occupants des lieux.

En levant les yeux, Luke aperçut, à quelque huit mètres au-dessus de lui, la grille de fer entièrement bloquée par les faces hilares des courtisans de Jabba. Un ronflement accompagné d'un cri de pure panique le ramena vivement au niveau du sol. Dans l'une des parois, un panneau était en train de se soulever lentement. Avec un calme infini, Luke se débarrassa de sa longue soutane de Jedi pour se donner une plus grande liberté de mouvements, ne conservant que sa courte tunique. Puis il recula contre la muraille et s'accroupit pour observer la suite des événements.

Du passage libéré par le panneau, un rancor géant était en train d'émerger. De la taille d'un éléphant, il avait en lui quelque chose de reptilien, quelque chose d'anormal, de cauchemardesque. De sa large gueule asymétrique pointaient des crocs énormes, disproportionnés, comme l'étaient les griffes terminant ses pattes. Un mutant, très certainement. Et furieux au-delà de toute imagination.

Le garde jetait autour de lui des regards affolés. Il avisa le pistolet tombé dans la poussière, se jeta dessus et déclencha un tir de laser en direction du monstre qui n'en parut pas fortement affecté, sinon dans son humeur. Pesamment, il se mit en marche.

Fou de terreur, le garde continuait à tirer sans discontinuer. Il tirait encore lorsque le rancor l'empoigna dans ses mâchoires, l'engouffrant d'une seule bouchée, sous les vivats et les hurlements de rire de l'assistance. Quelques piécettes tintèrent sur le sol.

Sa première victime avalée, le monstre se retourna vers Luke, mais d'un bond formidable, le Chevalier Jedi atteignit la grille et, barreau par barreau, traversa la cellule dans toute sa largeur, sous les huées du public frustré.

Soudain, l'une de ses mains lâcha prise sur la barre huilée. Les courtisans rugirent de plaisir. D'un coup d'œil, Luke aperçut sous lui la gueule béante du rancor, prête à l'enfourner.

Pour ajouter à la précarité de sa situation, deux Jawas se précipitèrent et entreprirent de lui écraser les doigts à coups de crosse. Une nouvelle fois, la foule explosa de joie.

Le rancor lançait sa patte le plus haut possible pour tenter d'atteindre sa proie et la position de Luke devenait carrément critique. Soudain, le jeune Jedi prit son élan, lâcha prise et atterrit exactement sur l'œil du monstre. D'un bond, il se retrouva sur le sol.

Ivre de douleur, le rancor tournait en rond en se martelant la face. Il finit tout de même par repérer Luke et, toute souffrance oubliée, se rua sur lui au moment où, d'un geste vif, le jeune homme empoignait l'un des os d'une précédente victime et le brandissait à bout de bras. Jugeant le gag du plus haut comique, la galerie ulula avec délices.

Le monstre souleva Luke comme un fétu de paille et le porta à sa gueule, mais, au dernier moment, Luke lança le bras en avant, forçant l'os en travers de la gorge du rancor. Laissant la bête tousser désespérément pour tenter de se débarrasser de cette arête, il courut se réfugier dans une anfractuosité de la muraille. Le rancor arpentait furieusement la fosse à sa recherche, mugissant et lançant ses pattes au hasard. A un moment donné, il délogea l'un des blocs mal joints, déclenchant un début d'avalanche.

Luke se rencogna encore plus profondément au fond de la crevasse pour se donner le temps de s'éclaircir les idées et de puiser dans les leçons de ses maîtres l'ébauche d'une solution. La peur est comme un épais brouillard, avait coutume de répéter Ben. Elle rend le froid plus intense, l'ombre plus dense. Mais laisse le brouillard se lever et il se dissoudra de lui-même... Luke laissa donc la clameur de la bête passer au-dessus de sa tête et examina de quelle manière il pourrait ensuite mettre l'animal dans son camp.

La chose eût été plus aisée si la bête avait été foncièrement méchante car, comme disait Ben, tout être foncièrement mauvais finit toujours par se détruire lui-même. Mais le rancor n'était pas mauvais ; tout au plus une innocente brute maltraitée, affamée, blessée, qui se jetait sur tout ce qui passait à sa portée. Il fallait donc garder la tête froide et trouver le moyen d'échapper à la brute, de préférence sans lui faire de mal.

La solution rêvée eût été de la lâcher sur Jabba et ses sbires et de lui donner ainsi les moyens de mettre elle-même fin à ses malheurs, mais la probabilité de réussite d'une telle entreprise était bien mince, principalement du fait que la bête était bien trop hors d'elle pour saisir l'intérêt qu'elle avait à s'allier à une autre victime contre ses bourreaux. Non, conclut Luke, la solution ne pouvait venir que de lui seul.

Mais il fallait la trouver rapidement car le danger se rapprochait de seconde en seconde. En effet, le rancor avait réussi à se débarrasser de l'os qui l'étouffait et entrepris de fouiller furieusement l'éboulis à la recherche de sa proie. Par-delà l'amoncellement qui le protégeait encore, Luke avisa un renfoncement d'où émanait une flaque de lumière. Peut-être était-ce de ce côté qu'il convenait de chercher le salut. Mais encore fallait-il parvenir jusque-là ! Et la partie était loin d'être gagnée car, écartant un dernier roc, le rancor venait de découvrir la forme rencognée au fond de la crevasse. Il lança une patte avide, mais alors qu'il allait être empoigné, Luke s'empara d'un quartier de roc qu'il abattit de toutes ses forces sur les doigts de la brute. Le rancor bondit en arrière en poussant un hurlement, et, profitant de ce répit, Luke fila en direction du renfoncement. Il dut rapidement déchanter : une herse aux épais barreaux d'acier interdisait toute fuite ! De l'autre côté, installés dans une petite salle, deux gardiens étaient en train d'achever leur repas. Le jeune Jedi réalisa alors que l'étroit boyau devait pouvoir, à volonté, se transformer en cage, lorsqu'on désirait se rendre maître de l'animal déchaîné. S'il découvrait comment déclencher la fermeture du panneau ou de la porte qui devait former séparation avec la partie principale de la cellule, il serait au moins à l'abri de l'animal. Il n'eut guère le temps de pousser ses investigations car, derrière lui, il entendait se rapprocher les pas pesants du rancor. Et de l'autre côté, la situation n'était guère plus encourageante. Les deux dîneurs s'étaient levés et leurs intentions n'étaient guère bienveillantes à en juger par les tridents des bestiaires qu'ils pointaient en ricanant en direction des barreaux. Luke était pris entre deux feux !

Le rancor s'engageait déjà dans le boyau lorsque Luke avisa, sur le mur opposé de la salle de garde, un tableau de commandes. D'instinct, le jeune Jedi ramassa un crâne sur le sol, le projeta sur le panneau. Il y eut une gerbe d'étincelles puis, brusquement, une lourde plaque métallique tomba du plafond du réduit, s'abattant comme une guillotine sur la tête du rancor, qu'elle fendit littéralement en deux.

Pendant les quelques secondes suivantes, un silence

de plomb figea les spectateurs qui se refusaient encore à croire à l'impossible. Puis tous les regards se tournèrent vers Jabba. Il écumait de rage. Leia ne put retenir un petit sourire qui amena le tyran aux limites de l'apoplexie.

— Sortez-le de là, hurla-t-il. Et amenez-moi Solo et le Wookie. Je leur ferai tous payer cette atrocité.

Dans la fosse, Luke regarda avec calme les hommes de main du Hutt se ruer sur lui pour l'enchaîner solidement. Et tandis qu'on l'entraînait, il eut encore le temps de voir l'un des gardiens se jeter en pleurant sur le cadavre du rancor. Plus personne à tourmenter ! Cet homme allait désormais vivre des jours bien solitaires...

***

Tenue au plus court par un Jabba qui tentait de se calmer en lui tiraillant les cheveux, Leia regardait tristement Solo et le Wookie que l'on était en train d'amener. Le Corellien n'avait toujours pas retrouvé l'usage de ses yeux et trébuchait à chaque pas. A son poste derrière le trône, 6PO se sentait surchargé d'appréhension. Dans la salle, les paris allaient bon train sur le sort à réserver à l'impudent qui avait cru pouvoir menacer Jabba et ses amis.

Il y eut un remue-ménage à l'entrée et Luke apparut, entouré de gardes — dont Lando Calrissian. La foule se fendit comme une mer démontée pour livrer passage aux arrivants. Enfin, les trois prisonniers se retrouvèrent debout côte à côte devant le trône.

— Content de te revoir, lança Luke à l'adresse de Solo.

Le visage de Yan s'éclaira.

— Luke ! Alors, toi aussi tu es venu te fourrer dans ce pétrin ?

— Tu parles ! Pour rien au monde, je n'aurais voulu manquer la fête.

Pour un bref instant, il avait retrouvé l'impétuosité et l'insouciance de son adolescence.

— Comment on s'en sort ? interrogea Yan avec un haussement de sourcils.

— Comme d'habitude.

— Oh, oh... souffla Solo. Si mal que ça ?

Il se sentait vif, alerte, détendu. Mais soudain un frisson glacé lui parcourut la moelle épinière.

— Et Leia ? Où est Leia ?

— Ici, répondit instantanément la jeune femme. Je vais bien mais je ne sais pas combien de temps encore je vais pouvoir tenir à distance notre gluant petit ami ici présent.

Elle avait adopté un ton léger pour mettre Yan à son aise et, de fait, depuis qu'ils étaient tous réunis, elle se sentait à nouveau légère et quasi invincible. Elle aurait volontiers éclaté de rire, enfoncé son poing dans le nez de Jabba ou quelque autre facétie similaire, et surtout, elle les aurait bien serrés tous dans ses bras. Même ce peureux de 6PO qui se cachait du mieux qu'il pouvait pour tenter de se faire oublier.

— Tradoïd ! hurla Jabba.

Toute la salle fit silence. Timidement, 6PO fit un pas en avant et, avec de petits gestes embarrassés, débita son message aux captifs.

— Sa Très Haute Excellence, le Grand Jabba le Hutt, a décrété votre élimination immédiate.

— Parfait ! répliqua Solo. Je déteste attendre...

— L'extrême gravité de l'offense infligée à Sa Majesté, poursuivit 6PO, réclame un châtiment terrible et exemplaire...

— Ben voyons ! Faut jamais faire les choses à moitié, ricana Solo que les manières affectées et le ton pompeux du droïd avaient toujours eu le don d'exaspérer.

6PO détestait par-dessus tout être interrompu dans l'exercice de ses fonctions.

— Vous serez conduits jusqu'à la mer des Dunes,

reprit-il de son ton le plus cérémonieux, pour y être précipités dans le Grand Entonnoir de Carkoon.

Yan se tourna vers Luke, et avec un haussement d'épaules :

— Ça n'a pas l'air bien terrible, décréta-t-il.

6PO ignora l'interruption.

— ... l'antre du terrifiant sarlacc. Dans les entrailles de ce monstre vorace où vous serez digérés pendant un millier d'années, vous acquerrez une nouvelle définition de la notion de souffrance.

— A la réflexion, je propose qu'on supprime cette partie du programme, répliqua Solo.

Un millier d'années, cela faisait tout de même un peu beaucoup.

Chewie brama amplement son approbation, mais Luke ne paraissait pas ému outre mesure par la menace.

— Vous auriez dû choisir de traiter avec moi, Jabba, lança-t-il. Vous venez de commettre votre dernière erreur.

Malgré lui, il avait laissé percer dans sa voix une intonation satisfaite. Il n'était effectivement pas mécontent du refus de Jabba qui allait lui donner l'occasion de débarrasser la galaxie de cette sangsue qui pompait la vie de tout ce qu'il touchait. Bien évidemment, son objectif premier restait de délivrer les amis qu'il chérissait, mais faire d'une pierre deux coups n'était pas pour lui déplaire.

La menace de Luke n'avait guère impressionné le tyran.

— Qu'on les emmène ! ordonna-t-il en ricanant.

Pour lui, cette journée commencée sous de noirs auspices allait en fin de compte lui procurer quelque satisfaction, car il n'était rien qu'il aimât autant que fournir de la nourriture au sarlacc, sinon nourrir le rancor. Pauvre rancor.

Des cris et des applaudissements saluèrent la sortie des prisonniers que Leia suivit d'un regard empli d'inquiétude. Mais à la surprise de la jeune femme, elle ne put déceler autre chose sur le visage de Luke qu'un large et tranquille sourire. « Confiance ! » se gourmanda-t-elle en prenant une grande inspiration pour chasser ses doutes.

*
* *

La barge antigrav de Jabba glissait lentement sur l'immensité sans limites de la mer des Dunes. Sa coque d'acier crissait sous la caresse de la brise légère. Chaque saute de vent gémissait dans les deux énormes voiles, comme si la nature elle-même eût cherché à exprimer un vague malaise d'avoir à subir la présence de Jabba. Le Hutt semblait d'ailleurs vouloir réduire à son minimum le voisinage avec les éléments naturels car, pour le temps de la traversée, il s'était réfugié dans les ponts inférieurs, peut-être pour préserver sa pourriture des ardeurs par trop antiseptiques du soleil.

Sur l'un des flancs de la barge, deux embarcations avançaient en formation — un escorteur transportant six hommes d'armes plus que négligés et une canonnière, ayant à son bord, outre les prisonniers, quatre gardes armés : Barada, deux Weequays... Et Lando Calrissian.

Barada était du genre « servive-service » et à en juger par sa manière de pointer son fusil, il était clair qu'il n'attendait qu'une occasion d'en faire usage. Tout aussi déterminés, les Weequays étaient d'un autre type. Ces deux frères chauves, à la peau coriace, étaient les seuls survivants d'une tribu désormais éteinte. Et fort peu communicatifs : on ne savait même pas si le nom de Weequay désignait leur tribu ou leur espèce, ni si tous les membres de la tribu étaient frères. On savait seulement qu'ils s'appelaient mutuellement par ce nom et si, entre eux, ils pouvaient se montrer attentionnés, voire tendres, ils traitaient tout étranger avec la même indifférence grognonne et malveillante.

Assis un peu à l'écart, Lando offrait un visage de pierre, mais intérieurement, il se tenait prêt à agir à la moindre occasion. Il était en train, dans sa tête, de faire le rapprochement entre la situation présente et un coup superbe que lui et sa bande avaient monté sur Pesmemben IV. Ils avaient salé les dunes de la planète avec du carbonate de lithium et payé le gouverneur pour qu'il passe un juteux contrat d'exploitation avec une importante compagnie minière. Quand le coup avait été découvert, Lando qui jouait les experts géologues avait eu juste le temps de forcer le gouverneur à s'allonger au fond de l'embarcation et de jeter par-dessus bord le pot-de-vin compromettant avant de se faire prendre. Cette fois-là, il s'en était sorti de justesse, mais indemne, et il espérait bien qu'il en serait de même aujourd'hui. A cette différence près que ce seraient les gardes qu'il allait probablement falloir jeter par-dessus bord.

Toujours dans l'incapacité de se servir de ses yeux, Yan gardait l'oreille tendue, tout en discourant à corps perdu d'un ton badin pour endormir les gardes, les accoutumer au ronron de sa voix. Il escomptait de la sorte bénéficier au moment critique d'une fraction de seconde d'avance sur eux. Une fraction de seconde qui pourrait s'avérer décisive. A dire vrai, il discourait aussi — comme toujours — pour le simple plaisir de s'écouter parler.

— J'ai l'impression que mes yeux vont mieux, décréta-t-il en clignant des yeux. Au lieu d'un grand flou noir, je vois un grand flou lumineux.

— Crois-moi, tu n'y perds pas grand-chose, repartit Luke. Je sais de quoi je parle, j'ai grandi ici.

Luke évoqua intérieurement sa jeunesse sur Tatooine, son existence dans la ferme de son oncle et ses longues randonnées en landspeeder, en compagnie de ses rares amis — eux aussi fils d'émigrants, eux aussi caressant dans leur tête des rêves d'évasion. Car il n'y avait rien d'autre à faire sur Tatooine — pour un homme comme pour un jeune garçon — qu'arpenter ces dunes monotones en évitant, si possible, les peu réjouissants pillards tuskens qui gardaient le sable comme s'il s'était agi de poudre d'or.

C'était pourtant sur cette planète désolée qu'il avait rencontré Obi-Wan Kenobi — le vieux Ben Kenobi, l'ermite qui vivait ignoré de tous depuis qui savait quand. L'homme qui avait donné à Luke les premiers rudiments de sa formation de Jedi.

Luke pensait fréquemment à Ben, avec amour et avec regret. Plus que quiconque, Ben avait été l'agent de ses découvertes et de ses pertes — et des découvertes de ses pertes.

Ben avait emmené Luke à Mos Esley, la cité-pirate installée sur la face occidentale de Tatooine. C'était là, dans une taverne, que le jeune homme avait fait la connaissance de Yan Solo et du Wookie. Et c'était encore lui qui — après l'assassinat par les troupes impériales d'Oncle Owen et de Tante Beru — l'avait emmené à la recherche des droïds fugitifs D2 et 6PO.

Oui, c'était ici, sur Tatooine, que tout avait commencé pour Luke. Oui, il connaissait bien cet endroit. Et il se rappelait avoir juré de ne jamais y revenir.

— J'ai grandi ici, répéta-t-il d'une voix rêveuse.

— Et maintenant, on va mourir ici, répliqua vertement Solo. Si c'est ça ton plan, laisse-moi te dire que jusqu'ici je ne le trouve pas vraiment génial.

— Le palais de Jabba était trop bien gardé. Il fallait que je t'en fasse sortir pour avoir les coudées franches. Tout ce que tu as à faire, c'est de coller à Chewie et à Lando. Nous, on s'occupe de tout.

— Il me tarde de voir ça...

Solo ne se sentait guère rassuré à l'idée que la

réussite de l'opération reposait entièrement sur ce que Luke se considérait comme un Jedi. Pour Yan, ce n'était guère une référence lorsqu'on considérait que cette fameuse Force — à laquelle d'ailleurs il ne croyait guère — n'avait pas empêché l'extinction de la confrérie en question. Pour le Corellien, rien ne valait un vaisseau rapide et un bon éclateur et, dans la situation présente, il aurait fortement souhaité avoir l'un et l'autre.

***

Dans la cabine principale de la barge, Jabba et sa caricature d'aréopage poursuivaient tout simplement la fête commencée au palais. A cette différence près que la perspective de la mise à mort des prisonniers avait encore fait monter l'ambiance d'un ton : les empoignades étaient plus fréquentes, les discussions plus âpres ; les fauves avaient reniflé l'odeur du sang !

Sollicité de toutes parts, 6PO ne savait plus où donner de la tête. Il était présentement forcé de traduire une algarade entre Ephant Mon et Ree-Yees, concernant un point de tactique militaire qui, à vrai dire, le dépassait un peu. Ephant Mon, un bipède pachydermoïde au vilain museau encadré de défenses, soutenait (de l'avis de 6PO) une position indéfendable. Perché sur son épaule, Salacious Crumb, l'insupportable petit singe reptilien, répétait mot à mot toutes les paroles du pachyderme, ce qui, évidemment, doublait le poids des arguments d'Ephant.

Mon conclut son allocution par un barrissement belliqueux — auquel l'ineffable Salacious applaudit des deux pattes — avant d'ajouter :

— Woossie Jawamba boog !

6PO ne tenait pas tellement à traduire cete conclusion, d'autant plus que Ree-Yees était déjà saoul perdu, mais il s'exécuta tout de même.

Dans la face de chèvre de Ree-Yees, les trois yeux se dilatèrent de fureur.

— Backawa! Backawa! bêla-t-il.

Et sans autre préambule, il écrasa de son poing le museau de Mon, l'envoyant s'aplatir en plein milieu d'un groupe de Céphalopodes. Autant de gagné pour le traducteur! se réjouit 6PO qui, profitant de l'occasion, recula promptement pour se fondre dans la foule et se faire oublier. Le Grand Ingénieur ne l'ayant pas doté d'yeux dans le dos, il buta dans un petit droïd chargé d'un plateau et ce qui devait arriver arriva, les verres s'écrasèrent sur le sol sous les couinements, les sifflements et les cliquètements outrés du petit droïd-serveur.

6PO trouva à ces protestations aiguës la douceur d'une musique céleste.

— D2! s'exclama-t-il, ravi. Qu'est-ce que tu fais ici?

— DooO WEEep chWWHrrreee bedzhng.

— Je vois bien que tu sers à boire. Mais cet endroit est dangereux et tu ne devrais pas t'y trouver. Ils vont exécuter Messire Luke, et nous avec si nous n'y prenons garde.

D2 se contenta d'émettre un sifflement — exagérément nonchalant aux yeux de 6PO, eu égard à la gravité de la situation.

— Je voudrais bien être aussi confiant que toi, soupira le droïd doré en jetant un regard inquiet du côté de Jabba.

Le Hutt était à la fête. Il avait assisté au vol plané de Mon et c'était toujours pour lui une satisfaction que de voir les forts s'écrouler ou les fiers être ridiculisés. D'autre part, il venait pour la énième fois de mater la résistance de la princesse Leia, tirant de toutes ses forces sur la chaîne qu'il tenait dans ses doigts boudinés, jusqu'à l'amener une fois de plus tout contre lui.

— Ne reste donc pas si loin de moi, ma toute belle,

lança-t-il en riant. Tu verras que, bientôt, tu en viendras à m'apprécier.

Il appliqua une nouvelle traction sur la chaîne pour forcer la jeune femme à boire dans son verre.

Leia ouvrit docilement la bouche et fit le vide dans sa tête. Tout cela était, bien sûr, fort écœurant, mais d'une manière ou d'une autre, ce traitement ne durerait plus très longtemps. Et puis elle avait connu pire.

Le pire, pour elle, ç'avait été la séance de torture que lui avait infligée Dark Vador. Ce jour-là, elle avait failli craquer. Jamais le Seigneur Noir n'avait réalisé à quel point il avait été près de lui soutirer l'information qu'il voulait obtenir d'elle : les coordonnées géographiques de la Base rebelle. Il l'avait capturée immédiatement après qu'elle eut réussi à envoyer D2 et 6PO chercher du secours — capturée et fait transporter sur l'Etoile Noire. Là, il lui avait injecté une substance chimique destinée à affaiblir sa résistance psychologique, avant de la soumettre à la torture.

Il avait d'abord torturé son corps, avec l'assistance de ses droïds spécialisés. Et elle avait tout enduré — aiguilles, pointes de feu, chocs électriques — comme elle supportait aujourd'hui le contact répugnant de Jabba ; parce qu'elle détenait au fond d'elle-même une énergie puissante, dont elle ignorait l'origine mais qui venait à son secours chaque fois que le besoin s'en faisait sentir.

Profitant d'un instant de distraction de son tourmenteur, Leia réussit à s'éloigner suffisamment pour pouvoir jeter un coup d'œil par les jalousies des sabords et apercevoir, dans la lumière poussiéreuse, l'embarcation de ses futurs sauveteurs.

Elle était en train de faire halte.

En fait, c'était tout le convoi qui s'arrêtait à la verticale d'une profonde dépression creusée dans le sable. La barge et l'escorteur rejoignirent l'un des bords du cratère, tandis que l'embarcation des prisonniers s'immobilisait à quelques mètres en l'air, à l'aplomb de la cavité.

Tout au fond du cône de sable, une répugnante gorge rose, membraneuse, luisante de mucus, palpitait faiblement. Tout le pourtour de cette gueule — de trois mètres de diamètre au moins — était garni de trois rangées de dents pointues, inclinées vers l'intérieur. Manifestement, le convoi avait atteint son but !

Une planche de fer fut étendue sur le bord de l'embarcation avant que deux des gardes ne viennent détacher Luke. Puis, sans ménagements, ils le forcèrent à monter sur la planche. Comme si le sarlacc avait compris quelle aubaine on était en train de lui préparer, sa gueule se mit à s'agiter de mouvements péristaltiques et à saliver en abondance.

Jabba et sa clique avaient rejoint le pont d'observation pour assister aux nouvelles festivités.

Tout en se massant les poignets pour y restaurer la circulation, Luke embrassait du regard le paysage désolé. De façon inattendue, il sentait la chaleur miroitante de ce désert lui réchauffer le cœur. En fin de compte, une partie de lui-même appartenait bel et bien à ce caillou aride ; il s'y sentirait toujours chez lui... S'arrachant à ses rêveries, il aperçut Leia, debout à la lisse de la berge, et les deux jeunes gens échangèrent un clin d'œil de connivence.

Jabba avait fait signe à 6PO d'approcher. Il lui grommela ses ordres, sur quoi le droïd doré s'éloigna de quelques pas pour s'installer devant le communicateur. Sur un signe du maître, la foule bigarrée des pirates intergalactiques fit silence et la voix de 6PO s'éleva, amplifiée par le haut-parleur.

— Son Excellence espère que vous saurez mourir dignement, annonça 6PO.

Il s'interrompit comme s'il venait de détecter la défectuosité de l'un de ses circuits. Manifestement, quelqu'un avait tripatouillé le programme correct.

Quoi qu'il en soit, il n'était qu'un droïd aux fonctions bien déterminées. Il était fait pour traduire, non pour corriger les erreurs des autres. Il secoua lentement la tête avant de reprendre :

— Mais à supposer que l'un d'entre vous désire implorer sa grâce auprès de Son Excellence, celle-ci est prête à entendre son plaidoyer.

Yan fit un pas en avant pour faire bénéficier ce pot de graisse de ses dernières pensées, au cas où la tentative échouerait.

— Tu diras à cette larve baveuse...

Malheureusement, il était tourné du mauvais côté et débitait sa harangue au seul bénéfice du désert. Chewbacca l'empoigna par l'épaule et le fit pivoter sur lui-même afin que la larve baveuse puisse profiter du discours. Yan remercia de la tête, sans pour autant s'interrompre.

— ... à cette larve baveuse qu'elle peut toujours se brosser.

Luke était prêt.

— Jabba, appela-t-il, je t'offre une dernière chance. Libère-nous ou tu mourras.

Il lança un rapide coup d'œil à Lando, qui entreprit aussitôt de rejoindre de son pas le plus négligent l'arrière de l'embarcation. Les choses allaient bel et bien se dérouler comme il l'avait prévu, songeait le pirate. On balançait les gardes par-dessus bord et on décollait sous le nez des autres. Vite fait, bien fait !

Dans la barge, le public se pâmait d'aise : décidément, ce condamné les aurait fait rire jusqu'au bout !... Profitant du brouhaha, D2 se dégagea de la foule et escalada la rampe menant au pont supérieur.

Jabba leva la main et l'assistance fit silence. Le bon moment était venu !

— Je suis sûr que tu as raison, jeune Jedi, déclara le Hutt en souriant.

D'un geste sec, il retourna sa main, pouce vers le bas.

— Qu'on le jette dans la fosse !

Sous les acclamations de la foule, l'un des Weequays poussa Luke de la crosse de son arme. Au moment où il atteignait l'extrémité de la planche, Luke adressa un léger salut au petit droïd immobile à la lisse et, brusquement, les événements se précipitèrent. En réponse à ce signal prédéterminé, un volet s'ouvrit dans la tête du droïd. Un projectile en jaillit, s'éleva dans les airs et s'incurva en un gracieux arc de cercle au-dessus du désert.

Luke avait sauté ! Mais les cris des courtisans assoiffés de sang s'étranglèrent dans leur gorge quand ils virent le condamné se retourner en l'air et empoigner l'extrémité de la planche. Sous l'effet de son poids, la mince plaque de métal se courba à la limite de la rupture, puis l'élasticité du métal catapulta Luke dans les airs. Le jeune Jedi effectua un magnifique saut périlleux en l'air et retomba sur la planche, sous les yeux des gardes médusés. Luke étendit un bras sur le côté et, docilement, son épée de Jedi que venait de lui expédier D2 vint se loger dans sa paume grande ouverte.

Déjà Luke avait activé l'épée. Avant même d'avoir pu réaliser ce qu'il lui arrivait, le garde le plus proche se retrouva précipité, hurlant, dans la gueule du sarlacc.

Les deux autres gardes se ruèrent et, quoique à contrecœur, Luke passa à l'attaque, son épée flamboyante levée. Cette fois, c'était avec sa propre épée de Jedi qu'il allait combattre ; l'autre, celle de son père, il l'avait perdue dans le duel acharné qui l'avait opposé à Dark Vador — ce duel au cours duquel le Seigneur Noir lui avait affirmé être son père.

Ce nouveau sabrolaser, Luke l'avait confectionné lui-même, dans la hutte abandonnée d'Obi-Wan Kenobi, là-bas, sur l'autre face de Tatooine ; il s'était servi des outils et des pièces du vieux maître Jedi pour la fabriquer avec amour et avec art. Et il la maniait avec dextérité, comme une extension de sa propre main. Oui, cette épée-là était vraiment la sienne !

De son côté, Lando ne restait pas inactif. Il était en train de se colleter avec l'homme de barre pour la possession des commandes de l'embarcation. Le blaster du barreur cracha, faisant exploser le panneau de contrôle, et la canonnière se mit brusquement à donner de la gîte, précipitant un second garde dans l'entonnoir de sable et tout un chacun en tas sur le pont.

Luke fut le premier debout. L'épée levée, il chargea le barreur qui, perdant courage à la vue de cette incarnation de la puissance lancée sur lui, recula, trébucha... et bascula à son tour par-dessus bord.

Il atterrit à mi-pente du cratère et resta un instant abasourdi par sa chute. Lorsqu'il réalisa où il se trouvait, il poussa un hurlement de terreur et se mit à pédaler désespérément des pieds et des mains pour tenter de remonter, sans se rendre compte qu'il ne faisait qu'accélérer sa chute. Soudain, un tentacule rosâtre émergea du sable brûlant et vint s'enrouler autour de la cheville du malheureux, l'attirant irrépressiblement vers le bas. Un bruit grotesque de déglutition... Le barreur avait disparu.

Le tout n'avait duré que quelques secondes. Lorsqu'il vit ce qui était en train de se produire, Jabba entra dans une colère folle et se mit à beugler une série d'ordres furieux. En un éclair, le pont ne fut plus qu'un brouhaha de courses, de portes claquant, de cliquetis d'armes, d'appels et de contre-appels.

C'est le moment que choisit Leia pour passer à l'action.

D'un bond, elle fut sur le trône et, empoignant à deux mains la chaîne qui la retenait, elle la passa vivement autour de la gorge bouffie de Jabba. Puis, prenant appui du genou sur le dossier du siège, elle banda ses muscles et tira, enfonçant les maillons de métal dans les bourrelets qui servaient de cou au Hutt.

Malgré les tressautements de l'énorme torse qui menaçaient de lui arracher les bras, malgré l'atroce morsure de la chaîne sur ses doigts, Leia tirait. Avec une force qu'elle ne se connaissait pas, une force qui dépassait sa propre force. Privé d'appui, le Hutt se débattait, jetant toute sa masse dans la lutte — une masse qui à elle seule était capable de briser n'importe quelle résistance physique.

Mais la résistance de Leia était plus que physique. La jeune femme luttait avec tout son être. Les yeux étroitement clos, elle avait chassé de son esprit toute sensation de douleur, uniquement concentrée sur un unique but : gagner millimètre après millimètre sur la longueur de la chaîne.

La sueur au front, elle continuait à tirer, totalement étrangère aux tentatives frénétiques que faisait Jabba pour échapper à cet adversaire inattendu.

Dans un ultime effort, le Hutt jeta tout son poids en avant. Ses yeux de reptile commençaient à lui sortir de la tête, sa langue épaisse pendait hors de sa bouche. Sa longue queue fut secouée d'un dernier spasme, avant de retomber... Le Hutt était mort.

Sans perdre un instant, Leia lâcha la chaîne, cherchant du regard le moyen de se libérer de cette entrave qui la retenait prisonnière du cadavre. A quelque distance, la bataille venait de se déclencher. La jeune femme vit Boba Fett mettre à feu son propulseur dorsal et filer droit sur Luke qui était en train de défaire les liens de Yan et de Chewie. Boba pointa son fusil à laser, mais au même instant le jeune Jedi pivota sur lui-même et l'arme du chasseur de primes se retrouva coupée en deux par l'épée de lumière.

Le canon de la barge venait d'être mis en batterie. La première salve frappa de plein fouet l'embarcation des prisonniers, qui se mit à tanguer dangereusement. Lando fut arraché du pont mais, au dernier moment, il parvint à attraper au vol un étai brisé et à s'immobiliser en équilibre instable, le regard plongeant droit sur la gueule du sarlacc. Voilà qui n'était pas prévu dans les plans du pirate et, dans l'instant, il se jura solennellement que plus jamais il n'irait fourrer son nez dans une affaire qu'il ne contrôlait pas de bout en bout.

L'embarcation encaissa un second coup au but et ce fut au tour de Yan et de Chewie de perdre l'équilibre et de se retrouver écrasés contre le plat-bord. Le rugissement de bête blessée que poussa le Wookie fit se retourner Luke, et Boba Fett profita de cet instant d'inattention pour extraire de sa manche un long filin d'acier. Le bras du chasseur de primes se détendit et le câble s'enroula en sifflant autour du Jedi, immobilisant ses bras à ses côtés.

Luke réagit en un éclair. Le poignet au bout duquel pendait l'épée de feu se tordit, dirigeant le sabrolaser vers l'extrémité du câble que tenait Boba. Le bout de l'épée effleura le lasso, le sectionnant tout net. Luke se dégagea de ses liens au moment précis où un nouveau coup frappait l'embarcation. Boba Fett vola littéralement dans les airs et retomba sur le pont, inanimé.

Malheureusement, l'explosion avait également achevé de sectionner l'étai auquel était suspendu Lando et Luke, impuissant, vit le pirate hurlant disparaître dans l'entonnoir du sarlacc.

Lando atterrit un peu rudement sur la pente, mais indemne. Dans son affolement, il commença par tenter de regrimper la pente raide puis, dans l'inanité de ses efforts, il se contraignit au calme et ferma les yeux, essayant de passer en revue tous les moyens à sa disposition pour infliger au monstre un millier d'années d'indigestion. Dommage qu'il n'ait personne sous la main avec qui parier car à trois contre un, il se jouait gagnant pour le record de survie dans l'estomac de l'ignoble créature.

— Surtout ne bouge pas ! lui cria Luke.

Mais le jeune Jedi n'eut pas le temps de lancer son

opération de sauvetage car l'escorteur arrivait droit sur l'embarcation, bourré de gardes qui balayaient leur cible d'un feu nourri.

Quand tu es submergé par le nombre, attaque! conseillait une maxime Jedi. Luke prit son élan, bondit dans les airs et atterrit au beau milieu des troupes ennemies stupéfaites qu'il entreprit de décimer à grands moulinets de sabrolaser.

Dans l'autre bateau, Chewie s'escrimait à se dégager des décombres tout en essayant de guider de la voix un Solo qui tâtonnait toujours à l'aveuglette. Le Wookie avait repéré, traînant sur le pont, une lance avec laquelle repêcher Lando, et c'est cette perche que tentait de trouver Yan.

Malgré son immobilité, Calrissian se sentait glisser insensiblement vers les mâchoires du sarlacc et le joueur n'aurait pas donné cher de ses chances de leur échapper.

— Ne bouge pas, Lando! cria Yan. J'arrive.

Puis, à Chewie :

— Alors, où elle est cette pique?

De ses bras tendus en avant, il balayait la surface du pont en suivant les instructions de Wookie, et sa main finit par rencontrer la lance sur laquelle elle se referma.

C'est le moment que choisit Boba Fett pour émerger de son inconscience. Il se remit péniblement sur ses pieds, encore un peu étourdi et, jetant un coup d'œil vers la seconde embarcation, il aperçut Luke qui tenait tête à rien moins que six gardes. D'une main, Boba s'assura une prise sur la lisse, et ramassant de l'autre main une arme abandonnée par l'un des gardes disparus, il visa Luke.

Chewie poussa un aboiement d'avertissement.

— Où ça? Où est-il? hurla Yan.

Réagissant instantanément au second aboiement du Wookie, le pirate aveugle projeta la lance en direction de Boba. Instinctivement, Fett écarta le trait de son bras cuirassé.

— Ote-toi de mon chemin, pauvre fou, cracha-t-il à Solo en se remettant en position de tir.

Sur une nouvelle série d'instructions de Chewie, Yan pointa sa lance, mais cette fois en direction du dos de Boba. La pique vint heurter de plein fouet le propulseur du chasseur de primes qui se déclencha sous l'impact. Boba fut projeté comme un missile, droit sur l'escorteur. Sa cuirasse ricocha durement sur la coque et il plongea dans le trou. Lando le vit filer à toute vitesse devant lui et disparaître dans la gueule du monstre.

— Rgggowrrboo fro bo, ronronna Chewie.

— On l'a eu ? sourit Solo. Quel dommage que je n'aie pu voir...

Un coup de canon en provenance de la barge coucha l'embarcation sur le côté, expédiant Yan et quasiment tout ce qui se trouvait sur le pont par-dessus bord. Par chance, le pied de Solo accrocha la lisse au passage et le pirate resta là, à se balancer comme un pendule au-dessus du sarlacc. Malgré sa blessure, le Wookie avait réussi à se cramponner à l'épave.

Luke — qui venait d'en terminer avec ses adversaires — évalua la situation d'un coup d'œil. En quelques bonds, il atteignit l'énorme barge et entreprit d'escalader la coque en direction de la passerelle où était installé le canon.

Sur le pont d'observation, Leia continuait à lutter avec ses chaînes, quand elle ne se cachait pas précipitamment au passage d'un garde. Elle s'était étirée autant qu'elle avait pu pour essayer d'atteindre un pistolaser tombé à terre... En pure perte. Ce fut finalement D2 qui vint à la rescousse, non sans s'être au préalable égaré dans la mauvaise coursive.

Sa destination enfin atteinte, il exhiba de sa carcasse un appendice coupant et sectionna les liens de Leia.

— Merci, D2, beau travail. Et maintenant, filons d'ici.

Elle se précipita vers la porte, suivie du petit droïd. Au passage, ils tombèrent sur 6PO, allongé sur le sol et poussant des cris d'orfraie, tandis qu'un véritable géant du nom de Hermi Odle s'appliquait à l'écraser de son poids. Accroupi à côté de sa tête, Salacious Crumb, le petit singe reptilien, avait entrepris de lui arracher l'œil droit.

— Non ! Non ! Pas mes yeux ! hurla 6PO.

D2 expédia une décharge dans le dos du géant, l'envoyant valser à travers une fenêtre. Un second éclair colla littéralement Salacious Crumb au plafond. 6PO se redressa en pleurnichant sur son œil qui pendait au bout d'un faisceau de fils, mais sans oublier pour autant de faire fonctionner ses jambes pour rattraper Leia et D2 qui disparaissaient déjà derrière une porte.

Une nouvelle fois, le tir du canon fit mouche, ébranlant tout ce qui se trouvait à bord de l'embarcation où Chewbacca, agrippé à la coque par son bras blessé, maintenait de l'autre la cheville de Yan, lui-même en train de chercher à l'aveuglette à atteindre le malheureux Calrissian. Lando avait réussi, en s'étalant de tout son long et en restant parfaitement immobile, à stopper sa glissade, mais chaque fois qu'il tendait le bras vers Solo, il sentait le sable se dérober un peu plus sous lui, l'attirant irrésistiblement vers la gueule décidément insatiable du monstre rose. Pour lui, c'était le moment d'espérer que Solo ne lui en voulait plus pour la lamentable histoire arrivée sur Bespin !

Chewie barrit de nouvelles coordonnées.

— Je sais, je sais. J'y vois un peu mieux, maintenant. Peut-être tout ce sang qui me descend à la tête...

— Splendide ! apprécia Lando. Mais si c'était un effet de ta bonté, tu ne voudrais pas grandir de quelques centimètres ?

Sur la passerelle de la barge, les serveurs du canon

visaient déjà cette chaîne humaine pour assener le coup de grâce lorsque Luke se matérialisa sous leur nez, tel un diable sorti de sa boîte. Avec un grand rire de pirate montant à l'abordage, le Jedi activa son épée... Le temps d'un clignement d'yeux, il n'avait plus devant lui que des cadavres fumants.

Mais la partie n'était pas encore gagnée. Une compagnie de gardes lancés au pas de course était en train d'escalader l'échelle de coupée en arrosant Luke d'un feu nourri. L'une des décharges arracha l'épée de la main du Jedi qui fut aussitôt cerné de toutes parts. Déjà deux des soldats empoignaient les commandes du canon. Luke jeta un regard sur sa main artificielle ; le mécanisme sophistiqué qui remplaçait sa véritable main depuis son duel avec Dark Vador était à nu, mais il fonctionnait encore.

Le canon fit feu et la charge secoua rudement le flanc du petit bateau, manquant de peu faire lâcher prise à Chewbacca. Hasard heureux, l'onde de choc avait suffisamment incliné l'embarcation pour que Solo puisse enfin agripper le bras de Lando.

— Tire ! cria Yan à Chewie.
— Je suis pris ! hurla Calrissian.

Saisi de panique, il baissa les yeux pour voir les tentacules du sarlacc s'enrouler lentement autour de sa cheville. Décidément, les règles changeaient toutes les cinq minutes dans cette partie d'enfer ! « Mon vieux Lando, soupira avec résignation Calrissian, j'ai bien l'impression que, cette fois, la partie est terminée pour toi... »

Si Luke se démenait comme un beau diable, Leia elle non plus ne perdait pas son temps. Elle avait rejoint la passerelle arrière et mis en batterie le second canon. Son premier coup arracha les superstructures qui lui masquaient la cible, le second balaya le canon meurtrier qui menaçait ses amis.

Les deux explosions détournèrent momentanément

l'attention des gardes qui cernaient Luke. Le Jedi bondit sur son épée tombée à quelques mètres et dans un même élan jaillit en l'air, évitant le tir croisé de deux gardes. Les rayons des deux lasers ne furent pas perdus pour tout le monde et les deux soldats s'écroulèrent en même temps. Luke activa son sabrolaser. Il n'avait pas touché le sol que ses autres assaillants gisaient sur la passerelle, fauchés par la lame flamboyante.

— Vers le bas! cria Luke à l'adresse de Leia.

La jeune femme inclina le canon en direction du pont en lançant un signe d'avertissement à 6PO qui attendait à quelque distance. Le droïd doré jeta un coup d'œil affolé par-dessus la lisse et recula précipitamment, ce qui lui valut de la part de D2 un trille bien senti.

— Je ne peux pas sauter, D2! gémit 6PO. C'est bien trop haut.

Sans manières, D2 fit carrément basculer son compagnon dans le vide avant de sauter à sa suite...

Pendant ce temps, la partie de lutte à la corde se poursuivait entre le sarlacc et Solo — avec le baron Calrissian dans le rôle de la corde. Sans lâcher la jambe de Yan, Chewbacca réussit à se caler contre le plat-bord, libérant son autre main pour attirer à lui un pistolaser abandonné dans les décombres. Il dirigea l'arme vers Lando avant de l'abaisser avec un grognement déconfit.

— Il a raison! cria Lando. Il est trop loin!

Solo tordit la tête vers le Wookie.

— Chewie, passe-moi le pistolet.

Chewbacca s'exécuta et Yan empoigna l'arme de sa main libre.

— Eh! protesta Calrissian. Attends une minute. Je croyais que tu n'y voyais rien.

— Mais si! Ça va beaucoup mieux, tu peux me croire.

— J'ai pas vraiment le choix... Eh là! un peu plus haut!

Lando baissa la tête, s'apprêtant au pire. Solo plissa les paupières... pressa la détente... Le tentacule lâcha prise et disparut dans la gueule du sarlacc.

D'une traction puissante, Chewbacca hissa à bord le double poids des deux compères qui s'abattirent sur le pont, épuisés. Lando jeta un coup d'œil vers la barge où toute activité paraissait avoir cessé. Il repéra enfin Luke, debout sur la passerelle arrière en compagnie de Leia. Le Jedi tenait sans manières la princesse sous son bras gauche, tandis que sa main droite agrippait l'un des cordages qui pendait du mât à demi brisé. D'un coup de pied, Luke actionna la détente du canon, utilisant cet élan pour se projeter avec sa charge dans l'escorteur immobile à côté de la barge. Derrière lui, le canon commençait à faire de sérieux ravages dans les structures du vaisseau.

Luke lança l'escorteur en direction de l'épave pour récupérer Solo, Chewbacca et Lando, puis ramena l'embarcation à proximité de la barge où les explosions se succédaient sans interruption. Les deux jambes dorées de Z-6PO émergeaient tout droit du sable, tandis qu'à quelque distance, le périscope de D2-R2 constituait le seul élément visible de l'anatomie du droïd.

L'embarcation s'immobilisa à la verticale des deux robots enterrés dans le sable. Le compartiment du gouvernail s'entrouvrit pour laisser le passage à un puissant électro-aimant qui s'abaissa vers le sol. Les deux droïds jaillirent littéralement du sable et vinrent se coller à la plaque métallique avec un cliquetis aigu.

— Oh! protesta 6PO.
— BeeDOO dwEETT! acquiesça D2.

Quelques minutes plus tard, les deux droïds étaient à bord de l'embarcation. Les uns et les autres s'entre-regardèrent, réalisant seulement qu'ils étaient tous là, et tous plus ou moins entiers. Suivit une longue séance d'embrassades, de bonds, de rires et de cliquetis de joie. A un moment donné, quelqu'un serra par mégarde le bras blessé de Chewbacca et le grognement de douleur du Wookie ramena tout un chacun à des considérations plus terre à terre. Suivit alors un nouveau remue-ménage : qui préparant l'équipement, qui vérifiant les instruments ou programmant le voyage de retour...

Enfin l'escorteur s'éloigna du théâtre de la bataille, laissant ce qui restait de la barge en flammes continuer à lancer ses déflagrations vers les soleils indifférents de Tatooine.

3

La tempête de sable obstruait la vue, la respiration, la pensée, le mouvement. Le rugissement du vent semblait naître partout à la fois, comme si l'univers entier n'était plus composé que de bruit.

Les sept héros luttaient pas à pas pour avancer contre la tourmente en se tenant les uns aux autres pour ne pas se perdre. D2 ouvrait la marche, guidé par son dispositif électronique qui lui parlait dans un langage contre lequel les éléments ne pouvaient rien. 6PO suivait immédiatement derrière, puis venait Leia guidant Yan, et finalement Luke et Lando qui soutenaient le Wookie blessé.

A un moment donné, D2 cliqueta à plein régime un message qui fit lever tous les yeux : de vagues formes sombres se dessinaient au milieu du typhon.

— Je n'en sais rien, beugla Yan. Tout ce que je vois, c'est du sable qui tourbillonne.

— On n'en voit guère plus, hurla Leia en retour.

— C'est bon signe. Ça signifie que je vais mieux.

Quelques pas encore et les formes se firent plus sombres, puis se précisèrent et le *Faucon Millennium* apparut, flanqué du chasseur X de Luke et d'un biplace à ailes Y. Le groupe pressa le pas et, au moment où la file indienne atteignait l'abri relatif de la masse du vaisseau, le vent daigna décroître à un niveau sinon plaisant du moins descriptible. 6PO pressa un bouton et la passerelle s'abaissa avec un ronflement rassurant.

Solo se tourna vers Skywalker.

— A propos, p'tit gars, lança-t-il d'un ton faussement négligent, laisse-moi te dire que tu t'es rudement bien débrouillé.

— Je n'étais pas tout seul, répliqua Luke avec un haussement d'épaules.

Il commença à s'éloigner pour rejoindre son chasseur, mais Yan l'arrêta. Le regard du pirate était tout à fait sérieux.

— Merci d'être venu me rechercher, Luke.

Dans la bouche de l'éternel plaisantin, c'était là une déclaration des plus solennelles et Luke se sentit presque gêné.

— N'y pense plus, répondit-il, tentant de minimiser l'exploit.

— Au contraire, j'y pense beaucoup. Tu sais, je crois que c'était ce que j'imagine le plus proche de la mort. Pire même, parce que j'étais un mort vivant.

Luke et les autres l'avaient sauvé de cet horrible néant; ils avaient risqué leur *vie* pour lui. Et ce, tout simplement parce qu'il était... leur ami. Pour l'insouciant risque-tout qu'avait toujours été Solo, c'était là une notion nouvelle — à la fois terrifiante et merveilleuse. Et combien troublante ! De tout temps, il avait pensé, décidé, agi seul, et voilà que désormais il faisait partie d'un ensemble, d'un groupe. De tout temps il avait détesté devoir quelque chose à quelqu'un et voilà qu'aujourd'hui, la dette qu'il avait contractée n'était plus une chaîne mais un lien, un lien d'amitié, un lien presque libérateur.

Il n'était plus seul.

Luke avait remarqué le changement survenu chez son ami. Le visage même de Solo avait changé, telle une mer qui s'apaise. Solo était en train de vivre un instant privilégié, un instant que Luke ne voulait pas rompre. Il ne dit rien, se contentant d'acquiescer de la tête.

Chewie adressa au jeune guerrier Jedi un grognement affectueux en lui ébouriffant les cheveux comme un grand-père fier de sa progéniture et Leia le serra chaleureusement contre elle. Par-delà Luke, c'était aussi à Yan qu'ils adressaient un message d'amour. Mais c'était plus facile comme cela !

— Je te retrouve avec la flotte ! lança Luke en s'éloignant vers son appareil.

— Pourquoi ne pas laisser tomber tes histoires de Jedi et venir avec nous ? répliqua Yan.

— Je dois d'abord tenir une promesse... faite à un vieil ami...

« A un *très* vieil ami », ajouta-t-il avec un sourire intérieur.

— Dans ce cas, dépêchez-vous de nous rejoindre, intervint Leia. Toute la flotte doit être rassemblée, à l'heure qu'il est...

Quelque chose dans le visage de Luke fit passer un frisson glacé dans le dos de la jeune femme ; quelque chose qui l'effrayait et, dans le même temps, la rapprochait de lui.

— Dépêche-toi, répéta-t-elle.
— Promis. Tu viens, D2 ?

Le petit droïd démarra vers le chasseur avec un trille d'adieu à destination de 6PO.

— Au revoir, D2, répondit le droïd doré. Et que le Grand Ingénieur te protège ! Vous veillerez bien sur lui, n'est-ce pas, Messire Luke ?

Luke et le petit droïd avaient déjà disparu de l'autre côté de l'appareil. Le reste du groupe resta un long moment immobile, à déchiffrer l'avenir dans les tourbillons de sable aveuglant.

Lando se chargea de réveiller tout un chacun.

— Grouillez-vous un peu, qu'on dégage de ce minable caillou !

Le sable de Tatooine lui brûlait les pieds. Il n'avait connu sur cette fichue planète qu'une guigne abominable et avait hâte de se refaire dans la partie suivante. Bien sûr, pour ce qui était de l'avenir proche, ce ne serait pas lui qui dicterait les règles du jeu, mais un gars malin comme lui trouvait toujours moyen de s'offrir de petites satisfactions au passage.

Solo rejoignit le joueur impénitent et, avec une grande claque dans le dos :

— J'ai l'impression que je te dois aussi quelques remerciements, lança-t-il gaiement.

— Je me suis dit que si je te laissais comme ça dans ton glaçon, tu allais me porter la poisse pour le restant de mes jours. Alors, tant qu'à jouer les preux chevaliers, le plus tôt était le mieux.

— Il veut dire que tu es le bienvenu, traduisit en riant Leia. Tous, nous pensons que tu es le bienvenu.

Elle déposa un léger baiser sur la joue de Yan en guise de message personnel, sur quoi le petit groupe s'engagea sur la rampe du *Faucon*. Avant de pénétrer à l'intérieur, Yan s'arrêta pour dispenser à la coque une petite tape d'amitié.

— Tu as bonne mine, mon vieux. Et c'est rudement bon de te revoir.

Il s'engouffra enfin dans le vaisseau et referma l'écoutille derrière lui.

Dans le chasseur X, Luke fixa sa ceinture et mit en route les moteurs, souriant d'aise au rugissement familier. Son regard tomba sur sa main endommagée où fils et plaques d'aluminium emmêlés dessinaient les arabesques de quelque casse-tête qu'ils mettaient Luke au défi d'élucider. Le jeune homme enfila un gant noir par-dessus l'infrastructure à nu et ses mains s'activèrent sur les commandes. Pour la seconde fois de sa vie, il quittait sa planète natale pour les grands espaces intersidéraux.

*
**

Le superdestroyer s'était immobilisé au-dessus de l'Etoile Noire à demi achevée et de sa verte voisine, Endor. C'était un vaisseau massif, escorté par des appareils de tous ordres — des croiseurs à moyen rayon d'action aux cargos en passant par les bimoteurs à propulsion ionique, les redoutables chasseurs Tie (Twin Ion Engines).

La soute principale du destroyer s'ouvrit pour libérer la navette impériale qui accéléra en direction de l'Etoile Noire, accompagnée par quatre escadrilles de chasseurs.

Installé devant l'un des écrans de contrôle de la station, Dark Vador surveillait l'approche de la navette. Quand l'arrimage fut imminent, il quitta le poste de commande, suivi par le commandant Jerjerrod et une phalange de gardes impériaux, pour se diriger vers la soute : il allait accueillir son maître.

Régulés mécaniquement, le pouls et la respiration du Seigneur Noir ne pouvaient s'accélérer, mais à chacune de ses rencontres avec l'Empereur, Dark Vador sentait quelque chose s'électriser dans sa poitrine tandis que des sensations excitantes l'envahissaient : plénitude, puissance — une puissance sombre, faite d'appétits secrets, de passions non réprimées et d'oppression sauvage.

Un claquement unique constitué de centaines de claquements de talons salua l'entrée dans la soute du Seigneur Noir et la navette vint doucement s'immobiliser dans son berceau. La rampe s'abaissa, que la garde particulière de l'Empereur dévala au pas de course dans un battement de tuniques écarlates, flammèches jaillissant de la gueule béante du dragon. Les hommes s'immobilisèrent sur deux rangs, de part et d'autre de la passerelle et le silence tomba comme une chape sur le vaste hangar : l'Empereur venait d'apparaître.

C'est un homme étonnamment petit et chétif, ratatiné par l'âge et sa propre sécheresse, qui descendit lentement la rampe, courbé sur une canne noueuse. Il était enveloppé d'une vaste tunique qui rappelait celle des Jedi. Deux yeux jaunes, perçants, brûlaient dans son visage décharné de cadavre vivant.

Il atteignit la passerelle et, aussitôt, le commandant Jerjerrod, ses généraux, ainsi que le Seigneur Vador s'agenouillèrent devant le Maître Suprême. L'Empereur s'engagea au milieu de la haie d'honneur, avec un signe de tête à l'adresse de Vador.

— Relevez-vous, mon ami.

Vador s'exécuta et emboîta le pas à son maître. Derrière eux s'organisa une longue procession composée de courtisans, de la garde impériale, de Jerjerrod et de l'escouade d'élite de l'Etoile Noire.

Aux côtés de l'Empereur, Vador se sentait enfin un être complet. Et si le vide qui béait au fond de lui-même ne le quittait pas, celui-ci se muait en un vide glorieux au rayonnement glacé de l'Empereur, un vide sublimé, capable d'englober l'univers tout entier. Et qui englobait l'univers tout entier, un jour, lorsque l'Empereur serait mort.

Car c'était là le rêve ultime de Vador : apprendre tout ce qu'il pourrait de la sombre puissance de ce génie du mal, et puis la lui arracher, s'approprier et conserver cette lumière froide ; tuer l'Empereur... et régir l'univers. Avec son fils à ses côtés.

Son second rêve : convertir son fils ; montrer à Luke la majesté de cette force des ombres ; lui faire comprendre le pourquoi de sa puissance et les raisons qu'il avait d'opter pour elle. Alors, Luke, cette graine qu'il avait semée, viendrait à lui. Ensemble, père et fils, ils régenteraient le monde.

Et son double rêve était maintenant tout près de se réaliser. Chaque nouveau développement de la situation, chaque nouvelle crise qui secouait l'Empire rapprochait Vador de son but ultime. Il le sentait, avec toute sa subtilité d'ancien Jedi...

— L'Etoile Noire sera terminée dans les temps impartis, mon maître, souffla Vador.

— Oui, je sais, répondit l'Empereur. Vous avez fait du bon travail, Seigneur Vador... Et je devine que vous désirez maintenant continuer à rechercher le jeune Skywalker.

Derrière son masque, Vador esquissa un sourire. Il n'y avait pas grand-chose d'essentiel que l'on pût cacher à l'Empereur. Cela aussi faisait partie de sa force.

— Oui, mon maître, répondit-il.

— Patience, mon ami, patience. Vous avez toujours eu des difficultés à vous montrer patient. Un jour viendra, inévitablement, où c'est *lui* qui se mettra à votre recherche... Et ce jour-là, vous l'amènerez devant moi. La Force a grandi en lui, mais en conjuguant nos efforts, nous parviendrons à le faire basculer vers la face sombre de cette Force. Comme cela a été prévu de tout temps.

L'Empereur releva légèrement la tête, son regard brûlant fouillant les futurs possibles.

— Tout se déroule selon le plan, conclut-il.

Derrière son visage aussi impénétrable qu'un masque, l'Empereur émit un petit rire intérieur, savourant déjà sa prochaine victoire : la corruption définitive du jeune Skywalker.

Luke abandonna son chasseur en bordure de l'eau et entreprit prudemment la traversée du marais enveloppé de nappes de brume. Surgi d'une grappe de lianes, un étrange insecte vint bourdonner furieusement autour de sa tête puis disparut. Sous le couvert, un grondement s'éleva, mourut...

Luke sourit. D'un coup, il retrouvait les odeurs, la touffeur, les sons de Dagobah, cette petite planète où il avait assimilé les techniques des Jedi, où il avait réellement appris à utiliser la Force — à la laisser couler en lui, à la canaliser, à la diriger — et surtout à l'utiliser à bon escient.

Pour quiconque, hormis un Jedi, cette planète pouvait à tout instant se transformer en cauchemar. Des créatures dangereuses s'embusquaient dans ses marais et, sous les pieds de l'inconscient promeneur, d'innocentes plaques de sable se muaient soudainement en voraces fondrières quand ce n'étaient pas les lianes qui masquaient quelque redoutable tentacule. Mais un Jedi ne voyait pas le mal dans ces manifestations de la nature ; elles étaient partie intégrante de la vie de la planète, partie intégrante de la Force dont lui-même, Luke, était la manifestation vibrante.

Et pourtant, même pour lui, cette planète recelait aussi ses coins d'ombre — une ombre qui n'était autre que le reflet des replis bourbeux de son âme. Luke avait vu les choses terribles cachées dans cette ombre. Il les avait fuies, il les avait combattues... Il en avait vaincu certaines. Mais il en restait d'autres, toujours tapies dans les recoins de cette planète.

Luke escalada une barricade de racines entrelacées rendues glissantes par la mousse. De l'autre côté s'amorçait un petit sentier qui conduisait tout droit où le jeune homme voulait aller. Pourtant, il l'ignora pour plonger une nouvelle fois dans l'épaisseur de la jungle. Très haut au-dessus de sa tête, une créature aux ailes cuirassées parut vouloir fondre sur lui, puis, étrangement, elle s'éloigna. Luke ne lui avait pas prêté la moindre attention. Il continuait d'avancer.

Au bout d'un certain temps, la jungle commença à s'éclaircir et Luke aperçut enfin l'étrange petite hutte, avec ses minuscules fenêtres d'où émanait une chaleureuse lumière jaune. Il contourna le dernier marécage et se plia en deux pour pénétrer dans la maisonnette.

Yoda était debout, sa petite main verte appuyée sur son éternel bâton de marche.

— Je t'attendais, dit-il en souriant du sourire doux et sage des êtres qui ont tout vu.

Luke fut frappé des changements survenus chez le maître Jedi. Il paraissait plus frêle encore que dans son souvenir, sa voix moins claire, sa main plus tremblante. Au point que Luke n'osa pas répondre afin de ne pas trahir son trouble.

Yoda émit un petit rire moqueur.

— Si tu voyais la tête que tu fais! Ai-je vraiment l'air si décrépit à tes jeunes yeux?

Luke chercha à se forger une contenance en changeant de place dans l'espace confiné.

— Mais non, Maître, protesta-t-il. Certainement pas.

— Mais si, mais si! gloussa Yoda. Malade, je suis devenu. Oui! Vieux et faible...

Il pointa un doigt crochu vers son jeune élève.

— Attends de voir à quoi tu ressembleras quand tu auras atteint neuf cents ans.

Toujours riant, le gnome se laissa tomber sur sa couche et s'allongea sans pouvoir réprimer une grimace.

— Bientôt, je vais me reposer. Oui. Pour toujours. Je l'ai bien gagné, oui, bien gagné.

Luke secoua violemment la tête.

— Tu ne peux pas mourir, Maître. Je ne le permettrai pas.

— Je t'ai bien éduqué et la Force est puissante en toi. Mais pas suffisamment puissante pour combattre la longue nuit. Déjà, le crépuscule est sur moi, et bientôt... C'est dans l'ordre des choses... dans l'ordre de la Force.

— Mais j'ai encore besoin de vous ! Mon entraînement n'est pas terminé !

Luke s'insurgeait de tout son être. Non, son maître ne *pouvait* pas l'abandonner. Il avait tant, encore, à comprendre ! Il avait tant pris à Yoda sans jamais rien lui donner en échange ! Il avait tant à partager, désormais, avec lui !...

— De leçons, tu n'as plus besoin, affirma Yoda. Ce que tu as besoin de savoir, tu le sais.

— Alors, je suis un Jedi ?

Luke était intimement persuadé du contraire. Quelque chose manquait encore !

— Pas encore, souffla la voix lasse de Yoda. Il te reste une dernière épreuve : Vador. Tu dois affronter Vador. Seulement après, un véritable Jedi tu seras.

Yoda n'avait fait qu'exprimer à haute voix ce que Luke savait déjà, peut-être sans vouloir se l'avouer. La confrontation avec Vador serait sa mise à l'épreuve car le Seigneur Noir était au cœur même de la lutte du jeune Jedi.

— Yoda, demanda Luke d'une voix blanche, est-ce que ?...

Les mots suivants se refusaient à passer sa gorge et Luke dut rassembler tout son courage pour achever :

— ... est-ce que Dark Vador est mon père ?

Les doux yeux de Yoda s'emplirent d'une compassion inquiète et la frêle créature parut se tasser un peu plus sur sa couche.

— Un peu de repos. Oui. Un peu de repos il me faut, souffla le vieillard.

Le regard de Luke plongea dans celui du vieux Jedi, comme pour lui communiquer un peu de sa force.

— Yoda, je dois savoir, insista-t-il d'un ton pressant.

— Ton père il est, dit simplement Yoda.

Luke serra les paupières, se fermant au monde extérieur dans l'espoir dérisoire de repousser cette vérité qui le mettait à la torture.

— Il te l'a dit ? s'enquit Yoda.

Luke se contenta d'acquiescer de la tête. Il ne voulait plus parler, plus bouger, plus penser, simplement rester là, à l'abri, arrêter le temps et l'espace dans cette cabane et échapper au reste de l'univers et aux terribles révélations qu'il lui réservait.

Les yeux de Yoda se voilèrent d'inquiétude.

— C'est inattendu et fâcheux...

— Fâcheux que je connaisse la vérité ?

Une aigreur nouvelle perçait dans la voix de Luke. Dirigée contre Vador, Yoda, lui-même ou l'ensemble de l'univers ? Le jeune homme eût été bien incapable de le dire.

Dans un effort qui parut drainer toute son énergie, Yoda se redressa légèrement sur sa couche.

— Fâcheux que tu te sois précipité pour l'affronter alors que tu n'étais pas prêt, que le fardeau était encore trop lourd pour toi. Si je l'avais laissé faire, Obi-Wan t'aurait depuis longtemps révélé la vérité... Désormais, tu portes en toi une grande faiblesse. J'ai peur pour toi. Oui, j'ai peur pour toi.

Epuisé le vieillard retomba, les yeux clos.

— Je suis désolé, Maître Yoda, articula Luke, la voix tremblante.

— Je sais... Mais tu vas devoir te mesurer à nouveau à Vador et il ne te servira de rien d'être désolé...

De la main, Yoda invita Luke à se rapprocher. Et tandis que le jeune homme s'accroupissait à côté de sa couche, il poursuivit d'une voix de plus en plus faible :

— N'oublie jamais qu'un Jedi tire son pouvoir de la Force. Lorsque tu es allé au secours de tes amis, la vengeance habitait ton cœur. Méfie-toi de la colère, de la peur, de la haine : elles sont la face obscure de la Force. Dans la lutte, elles sont les premières à accourir vers toi. Chaque fois, il te faudra les repousser, car une fois engagé sur le sentier de l'ombre, il est impossible de revenir en arrière.

Il se tut. Luke n'osait plus le moindre mot, le moindre geste, de peur de détourner d'un iota l'attention du vieillard de la tâche qui l'occupait tout entier : tenir au large le néant qui menaçait à tout instant de l'engouffrer.

De longues minutes s'écoulèrent avant que ne se rouvrent les yeux du mourant. Seule une volonté surhumaine maintenait encore un souffle de vie dans ce corps usé.

— Luke, exhala Yoda, prends garde à l'Empereur. Ne sous-estime jamais ses pouvoirs ou tu subiras le sort de ton père. Quand je serai parti... tu seras le dernier Jedi. La Force est puissante dans ta famille. Transmets ce que... tu as... appris...

La voix était devenue inaudible et c'est sur les lèvres de son maître mourant que Luke dut lire ses dernières paroles :

— Il y a... un autre... Sky... walker.

Les lèvres s'immobilisèrent... et l'esprit du vieux sage s'éloigna comme une brise légère en direction de cet autre ciel qu'il venait d'évoquer. Le corps eut encore un frémissement... Il disparut.

Pendant près d'une heure, Luke ne put que rester immobile à fixer le petit lit déserté, comme anesthésié par le choc. Puis, brutalement, tel un barrage rompant ses digues, le chagrin le submergea. Comment un être tel que Yoda avait-il pu disparaître à tout jamais ? A quelle aune mesurer pareille perte ?... La perte était incommensurable. A la place qu'avait occupée Yoda dans son cœur ne persistait qu'un grand vide que, rien, jamais, ne viendrait combler. Voir ses amis vieillir et mourir, était-ce cela parvenir à la maturité ?... Fallait-il payer en souffrances chaque nouvelle parcelle de force et de sagesse ?...

Un immense poids de désespérance écrasait Luke, le laissant momentanément sans forces. Et il lui fallut encore plusieurs minutes pour réagir lorsque les lumières de la petite cabane s'éteignirent d'elles-mêmes. Pour lui, toutes les lumières de l'univers s'étaient éteintes. La galaxie tout entière s'armait pour la guerre... Le dernier Jedi était perdu en lui-même au milieu d'un marais.

Ce fut peut-être cette pensée qui tira Luke de son néant. Il s'ébroua et son regard s'étonna de l'obscurité impénétrable qui régnait dans la hutte. Enfin il se décida à se glisser au-dehors. Il se redressa.

Rien n'avait changé. Des stalactites de vapeur congelée par le froid de la nuit pendaient aux racines entrelacées. Demain, elles se transformeraient à nouveau en eau et rejoindraient le marais, selon un cycle des millions de fois répété et qui se répéterait des millions d'autres fois encore. Peut-être était-ce *cela* la leçon de la vie. Mais si c'était le cas, Luke ne s'en sentait pas le moins du monde soulagé de son chagrin.

D'un pas lourd, il reprit le chemin de son vaisseau. Même l'accueil excité et trillant de D2 ne parvint pas à lui arracher le moindre sourire et il ne put qu'ignorer le fidèle petit droïd. D2 lui adressa quelques bip-bip de condoléances puis se figea dans un silence respectueux.

Luke se laissa tomber sur un tronc abattu et s'enfouit la tête dans les mains.

— Je ne peux pas, gémit-il. Je ne peux pas continuer seul.

— Yoda et moi serons toujours à tes côtés, lui répondit une voix sortie de la brume.

Ben ! Luke pivota sur lui-même pour voir le fantôme lumineux de Obi-Wan Kenobi, debout à quelques mètres de lui.

— Ben ! répéta Luke à haute voix.

Il avait tant à dire au vieil homme disparu ! Les questions se bousculaient dans sa tête, s'entrechoquant les unes des autres, comme prises dans un indescriptible ouragan.

— Pourquoi ? parvint-il à dire. Pourquoi ne m'avoir rien dit, Ben ?

— Je t'aurais appris la vérité une fois ta formation achevée, répondit l'image de Ben. Mais tu as jugé indispensable de te précipiter alors que tu n'étais pas prêt. Rappelle-toi ! Je t'ai toujours mis en garde contre ton impatience.

Le ton du vieux maître était ce qu'il avait toujours été : mi-grondeur, mi-tendre.

— Tu as prétendu que Vador avait trahi et assassiné mon père, protesta Luke, son aigreur ayant enfin trouvé sur qui se déverser.

Ben absorba le vitriol sans broncher et reprit comme s'il n'avait rien remarqué :

— Ton père, Anakin, a été corrompu par la face obscure de la Force. Il a alors cessé d'être Anakin Skywalker pour devenir Dark Vador. Ce faisant, il trahissait tout ce en quoi avait cru Anakin Skywalker. L'homme bon qu'avait été ton père était détruit. Tu vois, ce que je t'ai dit n'était que la stricte vérité... considérée d'un certain point de vue.

— Un certain point de vue ! répéta Luke d'une voix amère.

Il se sentait trahi, lui aussi — par la vie plus que par quoi que ce soit d'autre — et un hasard malheureux voulait que ce soit ce pauvre Ben qui se trouve là pour essuyer le contrecoup de son conflit intérieur.

— Luke, énonça Ben d'une voix apaisante, tu vas découvrir peu à peu que la plupart des vérités auxquelles nous nous accrochons dépendent en grande partie du point de vue auquel on se place.

Mais Luke se voulait sourd à tout apaisement. Il s'accrochait à sa fureur comme à un trésor. C'était tout ce qu'il lui restait et il n'allait pas se la laisser voler comme on l'avait dépossédé de tout le reste. Pourtant, malgré lui, le ton attentionné et compatissant de Ben l'avait ébranlé.

— Je ne peux pas t'en vouloir d'être en colère, reprit Ben. Si erreur il y a eu de ma part, elle n'aura certainement pas été la seule que j'aie commise. Vois-tu, ce qui est arrivé à ton père est arrivé par ma faute...

Luke dressa vivement la tête, sa colère s'évanouissant déjà pour faire place à la curiosité — tant il est vrai que la connaissance est comme une drogue dont il devient de plus en plus difficile de se passer lorsqu'on y a goûté.

D2, qui avait senti le changement survenu dans l'humeur de son maître, roula jusqu'à lui pour lui offrir le réconfort silencieux de sa présence, et cette fois, Luke daigna lui tapoter distraitement la tête, déjà fasciné par ce qu'il allait enfin apprendre.

— Lorsque j'ai rencontré ton père, raconta Ben, c'était déjà un grand pilote. Mais ce qui m'a vraiment surpris, c'est à quel point la Force pouvait être puissante en lui. J'ai donc pris sur moi d'assurer la formation Jedi d'Anakin. Là où a été mon erreur, ce fut de considérer que je ferais un aussi bon professeur que Yoda. Je me suis laissé guider par mon stupide orgueil pour prendre la décision. Et j'ai échoué. L'Empereur a senti le pouvoir d'Anakin et l'a détourné vers la face obscure de la Force...

Il s'interrompit et son regard plongea droit dans celui de Luke, comme s'il quêtait du jeune homme quelque pardon.

— ... Mon orgueil a eu pour la galaxie des conséquences terribles, acheva-t-il tristement.

Luke était atterré. Que ce soit Obi-Wan, entre tous, qui ait été la cause de la chute de son père!... C'était horrible! Horrible à cause de ce qu'était inutilement devenu son père; horrible parce que cela révélait l'imperfection de Obi-Wan, et même son imperfection en tant que Jedi; horrible enfin parce que mettant en évidence à quel point les deux faces de la Force pouvaient être proches l'une de l'autre et facile le basculement. Devant cette terrible révélation, une part de Luke se rebellait, voulait croire qu'en Dark Vador survivait une étincelle d'Anakin Skywalker.

— Il y a encore du bon en lui, déclara-t-il d'un ton ferme.

Ben secoua tristement la tête.

— J'ai cru aussi, dans le passé, qu'il pourrait être ramené du bon côté. Mais cela ne pouvait être. Désormais, il est plus une machine qu'un homme.

Luke avait parfaitement saisi ce qu'impliquaient les dernières paroles de Ben. C'était un ordre que Kenobi lui donnait.

— Je ne peux pas tuer *mon père,* s'insurgea-t-il en secouant violemment la tête.

— Tu ne dois pas voir en cette machine un père — c'était de nouveau le professeur qui parlait. Quand j'ai réalisé ce qu'il était devenu, j'ai tout tenté pour le persuader de faire marche arrière. Nous nous sommes battus... ton père est tombé dans un cratère en fusion. Quand il a réussi à se traîner hors de cet enfer, tout ce qui restait d'Anakin Skywalker s'était fondu dans la matière brûlante. Seul restait Dark Vador, un être à tout jamais infirme que seules maintenaient en vie les machines et sa sombre volonté.

Luke baissa les yeux sur sa main, artificielle elle aussi.

— J'ai tenté une fois de l'arrêter. Je n'ai pas réussi.

Non ! Il ne se mesurerait pas une nouvelle fois à son père. Il ne le *pouvait* pas.

— Lors de votre première rencontre, Vador t'a humilié, Luke. Mais cette expérience faisait partie de ton entraînement. Je t'ai enseigné, entre autres choses, la valeur de la patience. Si tu ne t'étais pas montré aussi impatient de vaincre Vador *à ce moment-là,* tu aurais pu parfaire ta formation avec Yoda. Tu aurais été préparé à ce combat.

— Mais il fallait que je vienne en aide à mes amis.

— Leur es-tu venu en aide ? Ce sont *eux* qui t'ont sauvé. J'ai peur qu'en te précipitant ainsi, tu n'aies accompli que bien peu.

Luke sentit son indignation fondre pour ne laisser derrière elle que de la tristesse.

— J'ai découvert que Dark Vador était mon père, soupira-t-il.

— Tu ne deviendras un véritable Jedi, Luke, qu'après avoir affronté et vaincu la face obscure — celle que ton père n'a pu dominer. De toutes les portes d'accès à la Force, l'impatience est la plus aisée à pousser — pour toi comme pour ton père. Lui a été corrompu par ce qu'il a trouvé de l'autre côté, toi, jusqu'ici, tu as tenu bon. Tu t'es dominé, Luke, tu es devenu solide et patient. Désormais, tu es prêt pour une seconde confrontation.

Une nouvelle fois, Luke secoua la tête.

— Je ne peux pas, Ben. Je ne peux pas le faire.

Il vit nettement les épaules de son vieux maître s'affaisser.

— Dans ce cas, l'Empereur a déjà gagné, soupira le fantôme. Tu étais notre seul espoir.

— Mais Yoda a prétendu que je pourrais former...

Ben laissa échapper un sourire désenchanté.

— Il faisait allusion à ta sœur jumelle. Elle n'aura pas moins de mal que toi à anéantir Dark Vador...

— Une sœur ? sursauta Luke. Mais je n'ai pas de sœur !

La voix de Ben s'infléchit jusqu'à la tendresse, comme pour apaiser la tempête qui agitait l'âme de son jeune ami.

— Pour vous soustraire à la vengeance de l'Empereur, on vous a séparés dès votre naissance. Tout comme moi, l'Empereur avait compris qu'une fois adulte, et avec l'aide de la Force, la progéniture de Skywalker deviendrait pour lui une menace. C'est pourquoi ta sœur a été soigneusement cachée sous le voile de l'anonymat.

La première réaction de Luke fut de refuser cette époustouflante nouvelle. Il n'avait pas besoin d'une sœur jumelle ; il n'en voulait pas. Il était unique ! Il était un être à part entière et pas un pion sur un échiquier. Il était Luke Skywalker, né d'un Jedi, élevé dans une ferme sur Tatooine par Oncle Owen et Tante Beru, formé à une vie simple et dure parce que sa mère... sa mère... Qui avait-elle été, cette mère ? Que lui avait-elle dit ?...

Luke plongea en lui-même, gomma le temps et l'espace pour retrouver sa mère... la chambre de sa mère... et sa... *Sa sœur !*

— Leia ! hurla Luke en bondissant sur ses pieds. Leia est ma sœur !

— Tu es doté d'un esprit pénétrant, constata Ben en souriant.

Il se rembrunit aussitôt.

— Prends garde de toujours masquer tes facultés mentales, ajouta-t-il. Elles te servent bien mais elles pourraient aussi être utilisées par l'Empereur.

Luke dut faire un effort pour assimiler le sens profond de cet avertissement. La révélation de l'existence d'une sœur, la découverte de l'identité de cette sœur l'avaient comme saoulé. Il hocha la tête pour marquer son acquiescement, tandis que Ben poursuivait son récit.

— Lorsque ton père est parti, il ignorait que ta mère était enceinte. Elle et moi savions qu'il finirait par découvrir la vérité, mais nous voulions vous mettre tous deux à l'abri du mieux possible, et le plus longtemps possible. C'est pourquoi je t'ai emmené vivre sur Tatooine, chez mon frère Owen... tandis que ta mère confiait Leia au sénateur Organa, sur Alderaan, afin qu'elle soit élevée comme sa fille...

Peut-être du simple fait du ton calme et uni de Ben,

Luke sentait un certain apaisement s'installer en lui. Il se rassit pour écouter la suite du conte et D2 vint se blottir contre lui avec un ronronnement satisfait.

— ... La famille Organa occupait une place socialement et politiquement importante dans le système d'Alderaan. Tout le monde, bien sûr, devait ignorer que Leia était une enfant adoptée et, par voie de lignage, elle est donc devenue princesse — un titre qui n'avait d'ailleurs aucun poids réel dans un système depuis longtemps démocratisé. Le pouvoir politique des Organa, par contre, était une réalité et, suivant les traces de son beau-père, Leia, à son tour, est devenue sénateur. Dans le même temps, elle prenait localement la tête de l'Alliance qui commençait à se regrouper pour lutter contre l'Empire corrompu, son immunité diplomatique lui permettant de jouer un rôle vital de lien entre les divers tenants de la cause rebelle.

« C'est précisément ce rôle qui lui a valu de croiser ta route sur Tatooine — ses parents adoptifs m'ayant toujours désignée à elle comme un dernier recours à garder en réserve pour les situations désespérées.

Luke essayait d'opérer un tri dans la multiplicité de sentiments qui l'assaillaient. L'attirance qu'il avait toujours ressentie pour Leia trouvait aujourd'hui des bases claires, mais cette attirance venait brusquement de se changer en des sentiments plus doux, presque protecteurs — des sentiments de frère aîné envers une jeune sœur.

— Tu ne peux pas la laisser se mêler de ça, déclara-t-il d'un ton ferme. Vador la détruirait.

Vador. *Leur* père... Y avait-il une chance pour que Leia parvienne à ressusciter Anakin Skywalker ? Peut-être...

— Contrairement à toi, elle n'a pas reçu de formation Jedi, répliqua Ben, mais la Force est puissante en elle, comme en tous les membres de ta famille. Et c'est parce que sa Force avait besoin d'être confortée par un

Jedi que sa route a croisé la mienne. Elle est venue à moi, à nous, pour apprendre et mûrir. C'était son destin que d'apprendre et de mûrir et le mien d'enseigner. Désormais, c'est à toi de reprendre le flambeau, Luke, car tu es le dernier des Jedi...

Chacun des mots de Ben était pesé, chaque silence délibéré. Son regard se vrillait au regard de Luke, comme si, par-delà ce regard, il voulait laisser dans l'esprit du jeune homme une empreinte indélébile.

— ... Tu ne peux pas échapper à ton destin, Luke. Et tu dois garder secrète l'identité de ta sœur, car si tu venais à faillir à ta tâche, elle resterait véritablement notre dernier espoir... Maintenant, Luke, je vais t'ouvrir tout grand mon esprit. Car si le combat à venir ne peut être que le tien propre, peut-être pourras-tu tirer de ma mémoire le complément de force qui te permettra de vaincre. Mais il n'y a aucun moyen d'éviter la bataille, Luke. Tu ne peux échapper à ta destinée. Il te faudra affronter Dark Vador...

4

Dark Vador émergea du long cylindre de l'ascenseur, directement dans le poste de contrôle de l'Etoile Noire, provisoirement transformée en salle du trône. Deux gardes étaient postés à l'entrée, revêtus de rouge de la tête aux pieds. Rouge également le casque au milieu duquel s'ouvrait une fente qui était, en fait, un écran électronique. Leurs armes étaient chargées en permanence.

Dans la pénombre de la pièce, seuls luisaient faiblement les faisceaux de fibres optiques qui couraient de part et d'autre de la cage d'ascenseur, convoyant énergie et information à travers la station tout entière. Le pas de Vador sonna sur le sol de métal noir, tandis que le Seigneur Noir dépassait les convertisseurs pour escalader les quelques marches menant à la plate-forme sur laquelle on avait dressé le trône impérial. Sous l'estrade s'ouvrait l'un des puits de visite de l'énorme centrale enfouie au plus profond de la ville artificielle. Du gouffre béant s'échappaient en permanence une forte odeur d'ozone et un grondement sourd et profond de bête indomptée qui rebondissait interminablement sur les parois de la salle dépouillée.

La plate-forme suspendue s'appuyait à l'une des parois percée d'un énorme hublot circulaire. C'est devant ce hublot qu'était assis l'Empereur. Son regard perçant fixé sur la moitié non encore terminée de la station englobait les navettes et les véhicules de transport filant en tous sens, les hommes en combinaison pressurisée et propulseur dorsal qui s'activaient dans les superstructures ou à la surface. Presque à portée de cette activité fébrile, la verte Endor reposait, telle une émeraude sur l'écrin de velours noir piqueté de diamants de l'espace.

Vador s'était agenouillé devant son maître, attendant le bon plaisir de celui-ci, et l'Empereur le laissa attendre. La vue de l'imposante station, de la puissance qu'impliquait une réalisation aussi grandiose, l'emplissait d'une exaltation sans bornes. Tout cela était à lui. Plus même : tout cela, il l'avait fait.

Il n'avait pas toujours été l'Empereur tout-puissant. Il y avait eu un temps où il n'était encore que le sénateur Palpatine et la galaxie une république d'étoiles sur laquelle veillait la chevalerie Jedi. Mais inévitablement, la République était devenue trop vaste, sa bureaucratie toujours plus lourde et plus rigide. Et la corruption s'était installée.

Ç'avaient été tout d'abord quelques politiciens véreux, puis des bureaucrates arrogants n'ayant à cœur que leur propre intérêt... Et avant que quiconque ait réalisé ce qui était en train de se produire, la fièvre brûlait parmi les étoiles. Le gouverneur achetait le gouverneur, les paroles n'étaient plus tenues, les valeurs s'érodaient, la peur, la méfiance faisaient tache d'huile, sans cause visible, sans qu'on sache pourquoi ni comment.

Le sénateur Palpatine avait su comment. Il avait su saisir le moment opportun. Il avait employé tous les moyens — la fraude, la flatterie, les promesses mirobolantes et les manœuvres politicardes —, et il avait réussi à se faire élire à la tête du Grand Conseil. Par la corruption et la terreur, il s'était ensuite fait nommer

Empereur ; ou plutôt, il s'était nommé lui-même Empereur.

Empereur ! Il avait aboli une république chancelante, élevé à la place un empire resplendissant des feux de son maître. Et il en serait toujours de même parce que l'Empereur savait ce que les autres se refusaient à voir : les forces de la nuit sont toujours les plus puissantes.

Il l'avait toujours su mais le réapprenait chaque jour : des lieutenants félons qui trahissaient leurs supérieurs pour de l'argent ou des faveurs ; des fonctionnaires sans principes qui dévoilaient les secrets d'Etat ; des propriétaires avides, des gangsters sadiques ; des politiciens sans scrupules. Personne n'était immunisé contre ce feu sombre qui brûlait au fond de chacun. L'Empereur n'avait eu qu'à attiser le feu, à le domestiquer... Pour sa plus grande gloire.

Désormais, son âme était le creuset de l'Empire. Il *était* l'Empire !...

Toujours agenouillé, Dark Vador attendait que son maître eût terminé sa méditation. Depuis combien de temps attendait-il ainsi ? cinq, dix minutes ? Il n'aurait su le dire et, en fait, il n'en avait cure. Son regard tourné vers l'intérieur, il absorbait les ondes de puissance qui émanaient de l'Empereur comme une éponge absorbe l'eau ; il s'en nourrissait. Aujourd'hui, il était plus puissant qu'il ne l'avait jamais été, mais les temps approchaient où, enfin, il tiendrait entre ses mains le pouvoir absolu. Il lui suffisait d'attendre. Que l'Empereur soit prêt ; que son fils soit prêt. Et Vador savait attendre.

Finalement, le siège de l'Empereur pivota lentement et le Maître Suprême fit face à Vador. Ce fut le Seigneur Noir qui parla le premier.

— Quels sont vos ordres, Maître ?

— Je veux qu'on envoie la flotte de l'autre côté d'Endor et qu'elle y demeure jusqu'à nouvel ordre.

— Et qu'en est-il de ces rapports signalant que la flotte rebelle se massait du côté de Sullust ?

— Aucune importance. Bientôt, la Rébellion sera écrasée et le jeune Skywalker à nous. Votre tâche ici est terminée, ami. Rejoignez le vaisseau amiral et attendez mes ordres.

— Bien, Maître.

Vador escomptait bien se voir confier la direction de l'attaque contre les Rebelles. Et il espérait la voir se déclencher vite.

Il se releva et quitta la salle, tandis que l'Empereur retournait à la contemplation de son domaine.

Au-delà des frontières de la galaxie, dans le vide éternellement noir de l'espace, la flotte rebelle attendait : croiseurs, destroyeurs, porteurs, bombardiers, cargos, tankers, canonnières, forceurs de champs, navettes, chasseurs X, Y et monoplaces de classe A... étaient déployés en formation. Militaires et civils, Corelliens, Calamariens, Alderaaniens, Kesseliens et Bestiniens, tous les membres de l'Alliance étaient au rendez-vous. A la tête de cette immense armada, le plus grand des croiseurs intersidéraux des Rebelles : l'*Alliance*.

Par centaines, les commandants — de toutes espèces — étaient assemblés dans la salle d'état-major, attendant les ordres du Haut Commandement dans une ambiance électrisée de prébataille.

Au centre de la salle était installée une vaste table circulaire au centre de laquelle un dispositif holographique projetait l'image tridimensionnelle de l'Etoile Noire protégée par le scintillant déflecteur émanant de sa lune.

Mon Mothma pénétra dans la salle. Cette belle femme dans la force de l'âge, vêtue d'une longue tunique soutachée d'or, imposait d'emblée le respect. Ce n'était pas pour rien qu'elle avait été élue commandant en chef de l'Alliance Rebelle.

Comme le père adoptif de Leia — et comme l'Empereur Palpatine lui-même — Mon Mothma avait d'abord été sénateur de la République et membre du Grand Conseil. Quand les failles avaient commencé à s'ouvrir dans la belle organisation démocratique, Mon Mothma était restée à son poste, organisant la dissidence tout en faisant l'impossible pour retarder l'écroulement final.

Vers la fin, c'est encore elle qui avait organisé les noyaux de résistance clandestins et autonomes chargés de semer la révolte. Parmi les dirigeants d'alors, beaucoup avaient été tués au cours de l'anéantissement d'Alderaan par la première Etoile Noire. Mon Mothma avait alors choisi la clandestinité et opéré la liaison de ses cellules politiques avec les milliers de guérillas et de rébellions qu'avait fait naître la cruelle dictature imposée par l'Empire. Et Mon Mothma avait fini par devenir le dirigeant reconnu de toutes les créatures dépouillées de leur foyer par l'insatiable Empereur... dépouillées de tout, sauf de leur espoir.

D'une démarche digne, Mon Mothma traversa la salle pour s'entretenir auprès de l'holographe avec deux de ses conseillers : le général Madine et l'amiral Ackbar. Madine était Corellien, et, malgré ses manières un peu rigides de militaire de carrière, plein de ressources. Ackbar, lui, était un pur Calamarien — une créature douce, couleur saumon, aux énormes yeux tristes dans une tête en pain de sucre, aux mains palmées qui lui faisaient préférer d'ordinaire l'air ou l'eau à la terre ferme ou au sol métallique des vaisseaux spatiaux. Si les humains étaient le bras de la Rébellion, les Calamariens en étaient l'âme — ce qui n'impliquait pas qu'ils ne fussent pas capables de se battre lorsqu'on les poussait à bout. Or l'Empire les avait poussés à bout.

Lando Calrissian venait, à son tour, de pénétrer dans la salle, cherchant manifestement quelqu'un. Il croisa Wedge, qui serait à ses côtés durant la bataille et échangea avec lui le petit signe rituel des frères d'armes — pouce levé — avant de reprendre ses recherches. Il finit par découvrir ses amis groupés près d'une porte latérale et les rejoignit en souriant.

Une cacophonie de vivats, de sifflements, de trilles et de barrissements accueillit l'arrivant dans son uniforme flamblant neuf.

— Regardez-moi ça! s'exclama Solo, mimant l'émerveillement et tripotant les insignes épinglés sur l'épaule. Général!

Lando laissa échapper un grand rire clair.

— Je suis l'homme aux mille visages et aux cent mille déguisements. Quelqu'un a dû me dénoncer au sujet de la petite opération que j'ai menée à la bataille de Taanab.

Taanab était une planète agraire, régulièrement pillée par une bande venue de Norulac. Calrissian (cela se passait avant qu'il ne décide de s'acheter une conduite et de devenir gouverneur de la Cité des Nuages) avait chassé les bandits en utilisant une tactique de surprise qui, à l'époque, avait fait du bruit. Naturellement, il l'avait fait sur un pari.

— Eh! protesta Yan en ouvrant de grands yeux faussement innocents. Tu n'as pas besoin de me regarder comme ça. Je leur ai seulement dit que tu pouvais faire un pilote « correct ». Comment aurais-je pu imaginer qu'ils étaient à la recherche de quelqu'un qui mène cette attaque de fous?

— Ça va, ça va, je l'ai cherché. En fait, je *veux* mener cette attaque de fous.

Primo, il aimait bien sa nouvelle tenue de général. Grâce à elle, les gens lui témoignaient le respect qu'il méritait et il ne risquait plus d'être obligé de faire des ronds de jambes devant quelque pompeux sous-fifre.

Secundo, il allait enfin pouvoir rendre à la flotte impériale ce que la police impériale lui avait fait subir pendant trop longtemps, et ça, c'était une satisfaction qui méritait bien quelques petits efforts.

Solo adressa à son vieux complice en mauvais coups un regard où l'admiration le disputait à l'incrédulité.

— Tu as déjà vu un de ces petits joujoux d'Etoile Noire ? Mon pote, je te conseille de profiter tout de suite de tes galons car tu risques de ne pas les porter très longtemps.

— Je m'étonne que ce ne soit pas à toi qu'on ait proposé ce poste, sourit Lando.

— Ils l'ont peut-être fait, mais je ne suis pas fou, moi. Et puis, de nous deux, c'est toi l'homme respectable, monsieur le Baron-Administrateur de la Cité des Nuages.

Leia se rapprocha de Solo et glissa sous son coude un bras protecteur.

— Yan reste avec moi dans le vaisseau amiral, Lando. Et je veux que vous sachiez que nous vous sommes tous deux très reconnaissants de ce que vous faites. Reconnaissants et fiers.

A ce moment, Mon Mothma réclama d'un geste l'attention générale et le silence des grands moments tomba sur la salle.

— Les renseignements fournis par nos espions bothans ont été confirmés, annonça le commandant suprême. L'Empereur a commis une erreur critique et l'heure est venue pour nous de passer à l'attaque.

Une salve de commentaires fusa de toute l'assistance, comme si une valve de sécurité venait de se soulever, relâchant la pression.

— Nous connaissons les coordonnées exactes de la nouvelle station fortifiée de l'Empire, poursuivit Mon Mothma en désignant l'hologramme. Le système de défense de l'Etoile Noire n'est pas encore opérationnel, en tant que la flotte est dispersée dans l'espace à notre recherche, la station est relativement peu protégée...

Elle marqua une pause pour donner plus de poids à ce qui allait suivre.

— ... Plus important encore, nous avons appris que l'Empereur en personne se trouvait sur place pour superviser les travaux.

Une volée d'exclamations enthousiastes explosa dans l'assemblée. Ça y était ! La chance en laquelle personne n'osait même espérer se présentait enfin. Une chance d'éliminer le monstre en personne.

Mon Mothma laissa s'apaiser le brouhaha avant de reprendre :

— Son voyage sur l'Etoile Noire a été organisé dans le plus profond secret mais, malheureusement pour lui, l'Empereur a sous-estimé notre réseau d'espions. Malheureusement pour nous, de nombreux Bothans ont payé cette information de leur vie.

Une fêlure s'était ouverte dans la voix de Mon Mothma à la pensée du tribut déjà payé à l'hypothétique réussite de leur entreprise et de celui qu'il faudrait encore payer.

L'amiral Ackbar fit un pas en avant. Il était spécialisé dans les systèmes de défense impériaux. Il leva une nageoire vers l'hologramme du champ de force qui émanait d'Endor.

— Même incomplète, énonça-t-il dans la langue sifflante de Calamaria, l'Etoile Noire n'est pas totalement dépourvue de systèmes de défense. De fait, elle est sous la protection de ce champ de force généré à partir de la lune verte que vous voyez ici. Aucun vaisseau ne peut le traverser, aucune arme le détruire. Ce champ doit être désactivé avant que nous puissions lancer *quelque attaque que ce soit*. Cela fait, les croiseurs pourront créer un périmètre de couverture, ce qui permettra aux chasseurs de pénétrer à l'intérieur des superstructures, ici... et d'essayer d'atteindre le réacteur principal... — il désignait la portion en travaux de l'Etoile Noire — quelque part par là.

Ackbar se tut pour laisser le plan s'inscrire clairement dans toutes les têtes, puis :

— Le général Calrissian s'est porté volontaire pour mener cette attaque, conclut-il.

Yan se tourna vers Lando.

— Bonne chance, vieux, déclara-t-il d'un ton sincèrement empreint de respect.

— Merci, dit simplement Lando.

L'amiral Ackbar céda la place au général Madine qui était chargé des opérations de couverture.

— Nous avons réussi à nous procurer une navette impériale, déclara-t-il de son ton raide. Nous l'utiliserons pour permettre à une équipe d'assaut d'atterrir sur la lune et de désactiver le générateur du bouclier. Le bunker est bien gardé, mais un petit commando devrait pouvoir en forcer l'entrée.

Leia se tourna vers Yan.

— Je me demande qui ils ont trouvé pour cette opération, souffla-t-elle.

— Général Solo, appela Madine. Votre groupe est-il prêt ?

Leia adressa à Yan un regard où la surprise inquiète cédait rapidement la place à une joyeuse admiration. Elle l'avait aimé malgré ses vantardises et sa grossièreté. Aujourd'hui, il montrait le cœur qui se cachait sous cette cuirasse de bravache.

D'ailleurs, depuis l'horrible expérience qu'il venait de vivre, Yan Solo avait changé. Il n'était plus ce loup solitaire exclusivement préoccupé de ses affaires et de son argent. Il se préparait à accomplir quelque chose pour quelqu'un d'autre que lui-même et cela bouleversait profondément Leia. Madine lui avait donné le titre de *général,* ce qui supposait que Yan avait fini par décider de se laisser enrôler officiellement, qu'il se sentait membre à part entière de l'entreprise. Désormais, il faisait partie d'un tout.

— Mon groupe est prêt, Général, mais il manque un équipage pour la navette.

Il interrogea Chewbacca du regard.

— Ça ne va pas être une partie de rigolade, vieux, commenta-t-il. Je n'ai pas voulu prendre la décision à ta place.

— Roo roowfl, ronronna Chewie en levant sa grosse patte velue.

— En voilà un, lança Solo.
— Et en voilà deux!

C'était Leia. Elle se pencha vers l'oreille de Yan et ajouta à son seul bénéfice :

— Vous n'imaginiez tout de même pas que j'allais vous laisser filer une deuxième fois, non, *Mon Général*?

— J'en suis aussi!

Le petit groupe tourna la tête pour découvrir Luke, debout au sommet des marches.

— Et de trois! annonça Solo avec un large sourire qui disait assez sa joie.

Leia courut à Luke, qu'elle étreignit avec chaleur. Elle se sentit instantanément particulièrement proche de lui — sensation qu'elle attribua à la gravité du moment et à l'importance de la mission —, mais dans le même temps, elle détecta chez le Jedi un subtil changement. Quelque chose émanait du plus profond de lui ; quelque chose qu'il était seul à voir.

— Qu'y a-t-il, Luke ? souffla Leia d'un ton pressant.
— Ce n'est rien. Je vous en parlerai un jour.
— Très bien. J'attendrai.

Leia ne voulait pas le harceler. D'ailleurs, peut-être se faisait-elle des idées. Peut-être n'était-ce que cette tunique noire qu'il portait maintenant et qui le vieillissait...

Déjà, Yan, Chewie, Lando, Wedge et quelques

autres rejoignaient Luke pour l'accueillir et lui communiquer les dernières nouvelles. Autour d'eux, l'assistance se fractionnait en petits groupes. On échangeait des adieux et des vœux de réussite... L'heure de l'action approchait.

D2 modula à l'adresse de son morne compagnon un petit discours entraînant.

— Je ne pense pas qu' « excitant » soit le terme approprié, corrigea le droïd doré.

Il était traducteur avant tout et, conséquemment, préoccupé prioritairement d'exhiber le mot qui décrive le plus exactement possible la situation présente.

Dans la soute principale du croiseur intersidéral rebelle, on s'activait à charger et armer le *Faucon Millennium*. Rangée à côté du vaisseau, la navette impériale faisait tache au milieu des chasseurs X alignés en ordre parfait.

Chewie supervisait le transfert dans la navette des armes et des munitions et surveillait l'installation du groupe d'assaut. Debout entre les deux appareils, Yan et Lando échangeaient leurs adieux — des adieux qui, à leur connaissance, risquaient bien d'être définitifs.

— Mais si, prends-le ! insista Yan en désignant le *Faucon*. Il te portera chance. Tu sais bien que, maintenant, c'est le vaisseau le plus rapide de toute la flotte.

Il parlait en connaissance de cause car il avait fait ce qu'il fallait pour cela. Les modifications qu'il avait apportées au vaisseau, avec tout son amour et sa sueur, avaient fait du *Faucon* une partie de lui-même. Le donner à Lando, c'était pour lui comme entériner sa transformation, c'était le geste purement altruiste qu'il n'avait encore jamais eu. Et Lando le comprit.

— Merci, vieux, répondit-il. J'en prendrai soin comme de moi-même. De toute façon, tu sais bien que je l'ai toujours piloté mieux que toi. Moi au manche, je te garantis qu'il s'en sortira sans une égratignure.

— Sans une égratignure, sourit Yan. J'ai ta parole.

— Dépêche-toi de filer, vieux pirate, sinon tu vas finir par exiger un dépôt de garantie.

— A la revoyure, vieux.

Pudiques comme souvent les hommes d'action, ils se séparèrent sans avoir exprimé plus avant leurs sentiments intimes et chacun marcha vers la rampe de son vaisseau.

Au moment où Yan pénétra dans la navette impériale, Luke était occupé sur le navigateur arrière à des réglages de précision tandis que Chewbacca, installé sur le siège du copilote, tentait avec force grognements de se familiariser avec le tableau de bord. Yan se laissa tomber sur le siège voisin.

— Ouais, commenta-t-il en examinant à son tour la configuration des cadrans. Quelque chose me dit que les ingénieurs de l'Empire n'ont pas pensé aux Wookies quand ils ont dessiné ce truc.

Leia émergea de la cabine et vint prendre place à côté de Luke.

— Tout le monde est installé, là derrière, annonça-t-elle. Je crois qu'on peut y aller.

— Rrrwfr, acquiesça Chewie en balayant de la patte la première série de manettes.

Il releva la tête, prêt à réagir instantanément aux indications de Solo, mais Yan était manifestement ailleurs. Le regard rivé au pare-brise, il fixait quelque chose. Les regards de Chewbacca et de Leia se tournèrent en même temps vers ce qui pouvait motiver une telle fascination... le *Faucon Millennium*.

— Eh! On dort là-dedans? appela Leia d'une voix tendre.

— J'ai la curieuse sensation que je ne le reverrai plus, énonça rêveusement Yan.

Il songeait aux nombreuses occasions où le vaisseau

l'avait sauvé grâce à sa vitesse, à celles où lui l'avait sauvé grâce à son habileté et à sa rapidité de décision. Ensemble, le *Faucon* et lui, ils avaient sillonné l'univers, unis dans une communion étroite qui allait se briser à tout jamais...

Leia répugnait à rompre ce moment d'émotion, mais le temps pressait.

— Commandant, souffla-t-elle en posant une main sur l'épaule de Yan. Il est temps d'y aller.

Yan fut instantanément de retour dans le présent.

— Très juste. En avant, Chewie ! Voyons un peu ce que cette casserole a dans le ventre.

***

La construction de l'Etoile Noire se poursuivait à une cadence accélérée et le ciel ne désemplissait pas de vaisseaux de transport, de chasseurs Tie et de navettes d'équipement. A intervalles réguliers, le superdestroyer en orbite survolait l'aire des opérations, surveillant sous tous les angles l'avance des travaux.

Le pont du destroyer était une véritable ruche. Les messagers allaient et venaient en tous sens, les contrôleurs de vol s'affairaient sur leurs écrans de poursuite, réglant les entrées et les sorties des véhicules à travers le bouclier déflecteur. Des signaux codés étaient reçus et émis, des ordres transmis ; sur les écrans, des courbes s'élaboraient, se déformaient et disparaissaient pour faire place à d'autres. L'opération portait sur un bon millier d'appareils et tout se déroulait pourtant à la perfection.

Jusqu'à ce que le contrôleur Jhoff établisse le contact avec une certaine navette de classe Lambda qui approchait du bouclier dans le secteur sept.

— Navette à contrôle, répondez, émit une voix dans le casque de Jhoff.

— Nous vous avons sur notre écran, répondit le contrôleur. Identifiez-vous.

— Ici le *Tyridium*. Demandons désactivation du bouclier déflecteur.

— Bien reçu, *Tyridium*. Transmettez votre code d'accès.

Dans la navette, des regards inquiets croisèrent d'autres regards inquiets.

— Transmission lancée, annonça Yan dans son transpondeur.

Chewie abaissa une série de manettes, provoquant l'émission d'un sifflement syncopé de signaux à haute fréquence.

— Le moment de vérité, souffla Leia à son voisin. On va savoir si ce code justifie le prix qu'il nous a coûté.

Luke ne répondit pas. Il n'avait d'yeux que pour le superdestroyer qui lui paraissait soudain emplir le ciel. Une poigne sombre serra le cœur du Jedi.

— Vador est à bord de ce vaisseau, annonça-t-il d'une voix blanche.

— Pas si vite, Luke, lança Yan d'un ton qui se voulait rassurant. Ce ne sont pas les destroyers qui manquent... Mieux vaut quand même être prudents. Chewie, tu te tiens à distance sans en avoir l'air, vu ?

— Awroff rrwrgh rrfroufh ?

— Je ne sais pas, moi ! Vole l'air décontracté.

— Il me semble qu'ils mettent bien longtemps à répondre, remarqua Leia, tendue.

Si ça allait ne pas marcher ? Tant que ce damné déflecteur était en fonctionnement, l'Alliance ne pouvait rien tenter... Leia s'ébroua, tenta de chasser les images obsédantes qui affluaient à son cerveau. Ce n'était vraiment pas le moment de se laisser affaiblir par la peur et le doute !

— Je n'aurais pas dû venir, énonça Luke comme en réponse aux sombres pensées de sa sœur. Ma présence met l'expédition en péril. Il sait que je suis là.

Malgré ses propres craintes, Yan se refusait à céder au pessimisme.

— Tu te fais des idées, Luke, tenta-t-il. On va bousiller leur fichu bouclier en moins de deux.

— Aargh gragh, ronchonna Chewie.

Décidément, l'humeur générale n'était pas au beau fixe !

*
**

Debout devant un large écran de visualisation, Dark Vador caressait de son regard de glace l'image de l'Etoile Noire et ce monument à la gloire de la force de l'ombre faisait naître en lui un frisson d'excitation. Les minuscules taches de lumière qui couraient à la surface de ce globe magique fascinaient le Seigneur Noir comme un jouet merveilleux peut captiver un jeune enfant.

Soudain, une sensation étrangère vint bousculer cet état de transe et Vador ne fut plus que concentration dirigée vers l'éther. Qu'avait-il donc senti ? Un écho, une vibration était passée... non, elle ne s'était pas contentée de passer ; elle avait troublé l'eau sereine de ce moment privilégié et rien n'était plus pareil.

D'un pas vif, Vador rejoignit le poste des contrôleurs pour s'arrêter devant la console de Jhoff sur laquelle était penché l'amiral Piett. Piett se redressa, salua l'arrivée de Vador d'une brève inclinaison du buste.

— La destination de cette navette ! intima Vador, coupant court aux préliminaires.

Piett se retourna vers l'écran et lança dans le transpondeur :

— Navette *Tyridium,* transmettez votre destination et la nature de votre chargement.

— Pièces détachées et personnel technique pour Endor, répondit le récepteur.

Le commandant de pont guettait anxieusement la

réaction de Vador. D'autres, avant lui, avaient payé cher leur erreur...

— Ils ont un code d'accès ? interrogea Vador.

— Un ancien code, mais correct, répondit vivement Piett. Je m'apprêtais à leur donner le feu vert.

Il savait inutile d'essayer de mentir à Vador. Le Seigneur Noir avait un talent tout particulier pour détecter ce qu'on tentait de lui cacher.

— Il y a quelque chose d'anormal... énonça lentement Vador, plus pour lui-même que pour son interlocuteur.

— Dois-je le retenir ? proposa vivement Piett, désireux au plus haut point de satisfaire son maître.

— Non, laissez-le passer. Je vais régler cette affaire moi-même.

— Comme il vous plaira, Monseigneur.

Piett s'inclina profondément, en partie pour masquer sa surprise. Puis, sur un signe de tête de lui, le contrôleur Jhoff se pencha vers le transpondeur.

***

Dans le *Tyridium,* la tension grimpait d'un cran à chaque nouvelle question qui augmentait le risque de voir la ruse éventée.

— Chewie, lança Yan à son copilote, si ce coup-ci ils ne nous laissent pas passer, prépare-toi à filer.

C'était en réalité un discours d'adieu, chacun étant bien conscient que, face aux appareils qui patrouillaient dans le secteur, la misérable navette n'avait pas la moindre chance.

Le haut-parleur crachota quelques parasites, bientôt remplacés par la voix claire du contrôleur.

— Appel au *Tyridium*. Désactivation du bouclier amorcée. Conservez votre trajectoire.

Trois des quatre occupants de la cabine laissèrent échapper un soupir de soulagement, oubliant momentanément que, loin d'être terminées, les difficultés ne faisaient que commencer.

— Qu'est-ce que je vous avais dit, hein ? pavoisa Yan. Les doigts dans le nez !

Leia lui adressa en réponse un sourire affectueux, Chewie un barrissement joyeux... Luke ne dit rien. Il continuait à fixer le vaisseau amiral, comme perdu dans quelque dialogue intérieur.

Solo poussa le manche à balai et, lentement, la navette prit le chemin de la lune verte.

*
**

Vador, Piett et Jhoff regardaient sur l'écran de contrôle la configuration du bouclier s'effranger, se fissurer pour laisser le passage au *Tyridium* en route vers le centre de la toile.

Vador se tourna vers l'officier de pont et, d'une voix où perçait une excitation inaccoutumée :

— Préparez ma navette, ordonna-t-il. Je dois me rendre chez l'Empereur.

5

SUR Endor, les arbres paraissaient décidés à atteindre les étoiles vers lesquelles ils lançaient, parfois à plus de trois cents mètres, leurs fûts dont le pourtour, pour certains, pouvait rivaliser avec celui d'une maison. Ils étalaient au-dessus du tapis de la forêt la luxuriance de leur feuillage dans lequel les doigts délicats du soleil jouaient une symphonie dans la gamme des bleu-vert.

A l'abri de ces géants, le sous-bois offrait toute la palette de la flore sylvestre. Conifères et feuillus s'y côtoyaient en une étonnante diversité d'espèces, de nuances et de formes. Le sol était principalement tapissé de fougères, si denses par endroits qu'elles semblaient une mer verte ondoyant doucement au souffle de la brise.

Telle était Endor tout entière : verdoyante, primitive, silencieuse.

La navette impériale dérobée était posée dans une clairière, à distance prudente du spatioport et camouflée par un tapis de branches et de feuilles mortes. Sur la colline avoisinante, le contingent rebelle progressait le long d'une sente tracée en pente raide. Leia, Chewie, Yan et Luke ouvraient la marche, suivis en file indienne par le groupe de combat en casques et uniformes dépareillés. Cette unité était composée de l'élite des combattants de l'Alliance, choisis non pour la correction de leur tenue mais pour leur esprit d'iniative, leur rapidité et leur ardeur au combat. Il y avait là aussi bien des soldats issus des écoles de commandos que des criminels libérés sur parole, mais tous haïssaient l'Empire avec une passion qui reléguait au second plan même leur instinct de conservation. Et tous étaient conscients de l'importance cruciale de l'opération. S'ils échouaient, l'Alliance était perdue. Il n'y aurait pas de seconde chance.

Aussi était-il inutile de leur recommander de garder l'œil ouvert en permanence. Ils avançaient en silence, prêts à réagir au moindre signe de danger.

D2-R2 et Z-6PO fermaient la marche, le dôme du petit droïd pivotant en permanence, tous ses senseurs en alerte.

— Bee-doop! commenta-t-il à l'intention de 6PO.

— Non, je ne trouve pas cette planète agréable, répliqua vertement son compagnon. Avec un peu de chance, elle est exclusivement peuplée de monstres dévoreurs de droïds.

Le prédécesseur de 6PO se retourna en lançant un « chut! » impératif.

— Silence, D2, souffla le droïd doré en se retournant lui aussi.

Ils étaient tous un peu nerveux.

A l'avant, Chewie et Leia atteignaient le sommet de la colline. Ils se laissèrent tomber à terre, franchirent en rampant les derniers mètres pour jeter un coup d'œil par-dessus la crête et Chewbacca leva son énorme patte pour signifier à la colonne de faire halte. Tout soudain, la forêt parut, elle aussi, faire silence.

Luke et Yan entreprirent à leur tour de franchir à plat ventre la distance qui les séparait de la crête pour voir ce que les deux autres observaient. Ecartant délicatement les fougères, Leia désigna du doigt un point situé légèrement en contrebas. Sur la lande bordant un trou d'eau claire, deux éclaireurs avaient dressé un camp provisoire. Ils étaient en train de faire réchauffer leurs rations dans un petit four à fusion. Deux moto-speeders étaient garés à proximité.

— On essaie de les contourner ? souffla Leia.

Luke secoua la tête.

— Ça nous retarderait.

— Ouais, renchérit Yan. Et à supposer qu'ils nous repèrent et fassent leur rapport, la petite fête est terminée.

Leia hésitait encore.

— Et s'ils n'étaient pas seuls ?

— On va aller jeter un coup d'œil, sourit Luke.

Les autres lui renvoyèrent la même grimace de connivence. L'aventure commençait !

D'un signe de la main, Leia intima à l'escouade de rester sur place ; puis Luke, Yan, Chewbacca et elle passèrent la crête pour se rapprocher du camp.

Quand ils furent tout près de la clairière, mais toujours cachés par le sous-bois, Solo se glissa en tête.

— Restez là ! Chewie et moi, on va régler ça.

Il avait son sourire de loup.

— Vas-y doucement, souffla Luke. Il pourrait y en avoir…

Yan avait déjà bondi, son fidèle Wookie à ses côtés.

— … d'autres, acheva inutilement Yan avec un soupir destiné à Leia.

La jeune femme eut un haussement d'épaules résigné.

— Il y a certaines choses qui ne changent jamais, commenta-t-elle.

Un bruit de lutte mobilisa l'attention des deux jeunes gens sur la clairière. Yan était engagé dans un furieux corps à corps avec l'un des éclaireurs et il rayonnait littéralement de plaisir. L'autre éclaireur bondit sur son moto-speeder pour prendre la fuite, mais à peine avait-il mis à feu ses moteurs que le blaster-arbalète de

Chewie entrait en action. Trois traits de feu jaillirent de l'arme et l'infortuné fuyard alla s'écraser contre un énorme tronc d'arbre. Un bruit étouffé d'explosion suivit le choc et l'éclaireur ne bougea plus.

Leia tira son blaster et se rua à découvert, talonnée de près par Luke. Ils furent accueillis dans la clairière par des tirs d'armes lourdes qui les jetèrent à terre, arrachant le pistolaser des mains de Leia. Un peu étourdis, ils relevèrent la tête pour découvrir, à l'autre extrémité de la clairière, deux nouveaux éclaireurs impériaux lancés au pas de course en direction de leurs moto-speeders à demi cachés par le feuillage. Les éclaireurs rengainèrent leurs armes, enfourchèrent leurs véhicules et les lancèrent en avant.

Leia se redressa sur ses jambes chancelantes.

— Par là ! cria-t-elle. Deux autres !

— Je les vois, répondit Luke en se relevant. Reste ici, je m'en occupe.

Mais Leia en avait décidé autrement. Elle se précipita vers l'un des moto-speeders restants et décolla à la poursuite des fuyards. Au moment où elle passait devant lui, Luke sauta au vol à l'arrière du véhicule.

— Vite, le bouton noir ! hurla-t-il pour couvrir le rugissement des fusées. Il faut brouiller leurs transpondeurs.

Dans la clairière, Yan et Chewie venaient d'en terminer avec le second éclaireur.

— Eh ! cria Yan. Attendez-moi !

Mais Luke et Leia avaient déjà disparu. De rage, Yan projeta violemment son pistolaser sur le sol, au moment où le reste de l'escouade rebelle débouchait à son tour dans la clairière.

Luke et Leia filaient dans le sous-bois, à quelques mètres au-dessus du sol. Leia était aux commandes, Luke derrière, accroché à elle. Les deux fuyards avaient une bonne avance sur leurs poursuivants, mais quand il s'agissait de filer à plus de trois cents kilomètres à l'heure, les extraordinaires talents de pilote de Leia prenaient toute leur importance. Peu à peu, elle gagnait du terrain.

Elle lâcha une première volée, mais la distance était encore trop grande et les décharges se perdirent dans la végétation, hachant plusieurs troncs d'arbres et mettant le feu au sous-bois.

— Plus près ! cria Luke.

Leia enfonça la manette des gaz et l'écart se réduisit sensiblement. Pour éviter d'être rejoints, les fuyards virevoltaient entre les arbres, prenant des risques de plus en plus grands. A un moment donné, un de leurs moto-speeders frôla un tronc, faisant voler l'écorce et déséquilibrant l'éclaireur. Celui-ci dut lâcher la manette des gaz pour se rattraper, ce qui le ralentit notablement.

— Passez-le par la gauche ! hurla Luke dans l'oreille de Leia.

Avec un hochement de tête, Leia amena son moto-speeder tout contre celui de l'éclaireur. Les volets de direction s'entrechoquèrent, faisant naître un hurlement de métal contre métal, mais Leia tenait son véhicule bien en main et ne dévia pas d'un iota. Luke bondit, atterrit en croupe derrière le conducteur de l'autre moto-speeder et, l'empoignant par le cou, le projeta de côté. Le guerrier en armure blanche vola dans les airs pour aller s'écraser contre un arbre avec un craquement écœurant d'os fracassés. Le corps désarticulé glissa le long du tronc et disparut définitivement dans la mer de fougères.

Sans perdre un instant, Luke se glissa sur le siège avant du moto-speeder. Ses doigts jouèrent quelques secondes avec les commandes puis il bondit en avant pour rattraper Leia. Ils étaient maintenant deux à poursuivre le dernier éclaireur. Leurs moto-speeders lancés à plein régime frôlaient les obstacles, à la limite de la collision, les flammes de leurs tuyères calcinant au passage les lianes sèches.

Le fuyard avait infléchi sa course vers le nord. Au sortir d'un goulet d'étranglement, la chasse dépassa deux nouveaux éclaireurs impériaux allongés dans les fougères. Moins de trente secondes plus tard, ils étaient sur les traces de Luke, leurs canons-blasters crachant décharge sur décharge.

— Occupe-toi de celui de devant ! lança Luke à Leia qui le précédait toujours. Je prends les deux autres.

Au même instant, il inversait la poussée des fusées, freinant brutalement son engin. Surpris, ses deux poursuivants ne purent qu'obliquer au dernier moment pour éviter la collision. Ils le dépassèent de part et d'autre dans un brouillard de blancheur. A nouveau, les rôles étaient inversés. Le chasseur reprit immédiatement de la vitesse, déclenchant un tir nourri.

Son troisième coup frappa au but et l'un des éclaireurs s'affaissa. Privé de conducteur, le moto-speeder effectua une série de tonneaux, pour aller terminer sa course contre un énorme rocher, dans une gerbe de flammes.

A peine son coéquipier avait-il jeté un regard vers le lieu de l'explosion qu'il enclenchait la superpoussée, instantanément imité par Luke.

Loin devant, Leia et le premier éclaireur poursuivaient leur slalom entre troncs impassibles et branches traîtresses. Contrainte à de fréquents ralentissements par cette course en zigzag, Leia ne gagnait pas sur son objectif. Un changement de tactique s'imposait. Elle tira violemment sur la commande de direction, projetant son moto-speeder dans les airs, presque à la verticale.

Lorsque l'éclaireur se retourna pour vérifier où en était son poursuivant, force lui fut de constater que ce dernier s'était évanoui. Mais il n'eut guère le temps de s'interroger sur les raisons de cette mystérieuse disparition. Lorsqu'il se retourna, ce fut pour voir Leia, fondant du haut des arbres, canon en batterie. Le premier coup manqua de peu sa cible, qui tressauta sous l'effet de l'onde de choc. Il n'y eut pas de seconde décharge car déjà, Leia parvenait à hauteur du moto-speeder ennemi. Avant qu'elle n'ait réalisé ce qui se passait, l'éclaireur avait tiré un pistolaser de son étui et fait feu. La jeune femme sentit son engin s'arracher à son contrôle... Elle sauta. Elle n'avait pas encore atteint le sol tapissé de feuilles mortes et de végétaux en putréfaction que son moto-speeder s'abattait contre un arbre géant. La dernière chose qu'elle vit fut un soleil orange sur fond de verdure... Elle s'évanouit.

L'éclaireur jeta un regard en arrière et ses dents se découvrirent en une grimace satisfaite. Il ricanait encore lorsque son véhicule accrocha au passage un arbre tombé. Puis son sourire disparut au milieu des flammes.

Pendant ce temps, Luke comblait progressivement son retard. Quelques secondes encore il talonna sa cible puis, profitant d'une éclaircie dans la forêt, il se porta à la hauteur de l'autre véhicule. Brusquement, le soldat impérial jeta son engin sur celui de Luke et les deux moto-speeders firent une embardée, évitant de peu un large tronc abattu. L'éclaireur piqua sous l'obstacle, Luke monta en chandelle pour le franchir par-dessus... Quand il replongea de l'autre côté, ce fut pour s'écraser droit sur l'autre véhicule. Les deux machines poursuivirent leur route de concert, prisonnières l'une de l'autre, leurs volets de direction bloqués.

Les moto-speeders étaient plus ou moins conçus comme des traîneaux, prolongés à l'avant par deux longs mâts métalliques à l'extrémité desquels étaient montés des ailerons mobiles. C'étaient ces volets qui s'étaient entremêlés, privant les deux véhicules de toute autonomie.

L'éclaireur se jeta vers la droite pour tenter de

projeter l'autre engin contre un bouquet de jeunes arbres, mais à l'ultime seconde Luke lança tout son poids à gauche, de façon à faire pivoter verticalement les deux véhicules, à se retrouver au-dessus et à laisser à l'éclaireur la position inférieure.

D'un coup, le soldat cessa de résister à la traction de Luke. Plus, il accompagna le mouvement, avec pour résultante un tonneau de trois cent soixante degrés. Les deux véhicules se retrouvèrent à nouveau à l'horizontale... à cela près qu'un énorme tronc bloquait maintenant la vision de Luke.

D'instinct, le Jedi sauta. Une fraction de seconde plus tard, l'éclaireur se déportait complètement sur la gauche. Les volets se séparaient. Et le moto-speeder privé de conducteur explosait sur le séquoia géant.

Luke s'était reçu sur une pente tapissée de mousse. Il roula sur lui-même en se freinant progressivement. Déjà, dans le ciel, l'éclaireur faisait demi-tour pour se lancer à sa recherche.

Luke se remit sur pied pour voir l'adversaire fondre sur lui à plein régime, canon en batterie. Le Jedi empoigna son épée de lumière et se campa face à l'ennemi, son sabrolaser repoussant les décharges les unes après les autres. Mais le moto-speeder ne déviait pas de sa course et d'ici un instant, Luke allait être haché menu par son laser lourd. A la dernière seconde, le Jedi sauta de côté, tel un matador des temps modernes affrontant un taureau à réaction, et son épée de lumière faucha l'air, sectionnant net les ailerons du moto-speeder.

L'engin se mit à rouler et à tanguer, de plus en plus violemment... Il ne fut bientôt plus qu'une lame de feu s'élevant des flots de la forêt.

Luke désactiva son épée et s'éloigna pour rejoindre ses camarades.

*
**

La navette de Vador vira au-dessus de l'Etoile Noire et s'insinua en douceur à l'intérieur de la soute d'arrimage. En silence, la rampe s'abaissa. En silence, les pas du Seigneur Noir glissèrent sur l'acier froid.

Le corridor principal était encombré de tous les courtisans qui attendaient une audience de l'Empereur et, derrière le masque, les lèvres du Seigneur Noir esquissèrent une moue de dégoût. Vador les méprisait tous, ces crapauds bouffis de suffisance dans leurs atours de velours ; ces pantins parfumés, toujours affairés, forcés d'échanger entre eux leurs opinions dépourvues d'intérêt, à défaut d'une audience plus large ; ces mercantis gominés, ployés sous le poids de joyaux encore tièdes de la chair de leurs victimes ; cette lie d'hommes et de femmes veules, violents, avides de se faire acheter.

Vador n'avait cure de s'abaisser au niveau de cette boue, ne fût-ce que d'un signe de tête, et il dépassa sans un regard les courtisans dont certains, pourtant, auraient payé cher un simple regard du Seigneur Noir.

Quand il atteignit l'ascenseur desservant la tour affectée à l'usage particulier de l'Empereur, il eut la surprise d'en trouver la porte close. De part et d'autre de la cage, les gardes en tunique rouge fixaient le vide, comme inconscients de la présence du Seigneur Noir. Un officier émergea de l'ombre et fit un pas en avant, s'interposant entre Vador et la cage.

— Vous ne pouvez pas entrer, déclara uniment l'officier.

Vador n'avait pas pour habitude de se perdre en vaines paroles. Il leva la main, doigts tendus et, indiciblement, l'officier commença de suffoquer. Ses genoux se dérobèrent sous lui et il s'écroula, le visage de cendres.

— Ce sont... les ordres... de l'Empereur, parvint-il à croasser.

Instantanément, Vador relâcha son emprise sur le garde qui se laissa aller de tout son long, le corps secoué de tremblements incoercibles.

— En ce cas, j'attendrai le bon plaisir de l'Empereur, conclut Vador.

Il se retourna vers la baie et son regard se leva automatiquement vers la tache verte d'Endor qui l'attirait comme un aimant, un gouffre, une torche brûlant dans la nuit.

*
**

Assis dos à dos dans la clairière, Yan et Chewie jouissaient de l'instant et de leur intimité tranquille. Autour d'eux, dispersés en petits groupes de deux ou trois, les membres du groupe d'assaut se détendaient — dans la limite du possible. Certains fourbissaient leurs armes, d'autres vérifiaient leur montre... Ils attendaient.

Même 6PO se taisait. Installé aux côtés de D2, il se polissait les doigts à défaut d'avoir mieux à faire. Soudain, le petit radar qui couronnait le dôme bleu acier du petit droïd pivota sur lui-même pour se braquer du côté de la forêt et D2 émit une série de bip-bip excités. Interrompant son polissage, 6PO tourna un regard chargé d'appréhension vers l'épaisseur des bois.

— Quelqu'un vient, traduisit-il.

Instantanément, toutes les armes se levèrent, pointées vers le couvert... L'escouade retint son souffle.

Une brindille craqua dans le périmètre ouest et Luc émergea du sous-bois. Aussitôt, toutes les poitrines laissèrent échapper un soupir et les armes s'abaissèrent. Trop las pour rien remarquer, Luke traversa la clairière à longues enjambées et se laissa tomber de tout son long à côté de Yan en laissant échapper un grognement épuisé.

— Alors, p'tit gars, on roupille ? commenta Solo.

Son sourire retrouvé, Luke se redressa sur un coude. Des trésors d'énergie dépensés, une débauche de bruit inutile, pour éliminer quelques gardes alors que le plus gros restait à faire, mais Yan était encore capable de conserver sa bonne humeur ! C'était bien là le charme tout particulier du risque-tout et Luke se prit à espérer que son ami ne change jamais.

— Attends seulement qu'on s'attaque à ce générateur, rétorqua-t-il sur le même mode léger.

Le regard de Solo était fixé vers la forêt, semblant chercher quelque chose.

— Où est Leia ?

Le visage de Luke se rembrunit.

— Elle n'est pas rentrée ?

— Je croyais qu'elle était avec toi.

L'inquiétude enflait la voix de Yan dans les aigus.

— Nous avons été séparés, expliqua Luke.

Les deux amis échangèrent un regard et se relevèrent lentement.

— On ferait bien d'aller à sa recherche.

— Tu ne veux pas te reposer un peu ? suggéra Yan.

Il voyait l'épuisement creuser les traits de Luke et voulait lui éviter d'avoir à affronter une probable réalité qui mobiliserait plus d'énergie qu'ils n'en possédaient l'un comme l'autre.

— Je veux retrouver Leia, énonça simplement Luke.

Yan hocha la tête sans discuter. D'un signe, il convoqua l'officier en second du groupe d'assaut.

— A partir de maintenant, vous prenez le commandement de l'escouade, expliqua-t-il. Rendez-vous à proximité du générateur à zéro trois cents.

L'officier salua et s'éloigna pour organiser ses troupes. Une minute plus tard, le groupe s'engageait en colonne dans la forêt, au grand soulagement des hommes qui ne craignaient rien tant que l'inaction.

Luke, Chewbacca, le général Solo et les deux droïds avaient pris la direction opposée. D2 était en tête, tous ses senseurs braqués sur la détection de paramètres correspondants à ceux de sa maîtresse.

*
**

Ce fut d'abord de son coude gauche que Leia eut conscience. Il était humide. Il reposait dans une flaque d'eau. Il était même complètement trempé.

Elle voulut retirer le coude de la flaque et une nouvelle sensation l'assaillit : la douleur — une douleur qui fulgurait dans son bras lorsqu'elle le remuait. Elle décida donc que, pour le moment, mieux valait ne pas bouger.

La notion de son lui revenait à son tour. Le bruit d'éclaboussure qu'avait fait son coude, le froissement de feuilles... Un pépiement d'oiseau : les bruits de la forêt. La forêt ! Une tentative d'absorption d'une goulée d'air lui arracha un grognement de douleur et elle entendit le grognement.

Les odeurs commençaient d'affluer à ses narines : celle de la mousse humide, celle des feuilles, celle du miel, plus ténue ou encore celle de fleurs rares.

Voilà que le goût, à son tour, était au rendez-vous. Moins agréable. Le goût du sang sur sa langue. Elle ouvrit et referma la bouche à plusieurs reprises pour tenter de localiser la provenance de ce sang, mais sans résultat autre que de lui permettre d'identifier de nouvelles douleurs — dans la tête, dans le cou, dans le dos... Elle réitéra sa tentative pour remuer les bras, mais n'y ayant gagné qu'une interminable liste de supplices, elle abandonna la partie et ne bougea plus.

Son système sensoriel accueillit ensuite la notion de température. Le soleil réchauffait les doigts de sa main droite, tandis que la paume, dans l'ombre, en était fraîche. Une brise caressait l'arrière de ses jambes. Sa main gauche, pressée contre son ventre, était chaude.

Elle se sentait... vivante.

Ses yeux renâclaient encore à s'ouvrir : une fois constatées, les choses prennent une nouvelle réalité et la vision de son corps brisé n'était pas une réalité qu'elle tenait à affronter. Lentement, pourtant, ses yeux s'ouvrirent, ne rencontrant d'abord qu'un brouillard de bruns et de gris qui devenaient plus clairs et plus verts au second plan. Lentement, le brouillard se dispersa... Elle vit.

Elle vit un étrange petit être velu qui n'atteignait pas le mètre, debout tout près de sa tête. La créature avait de grands yeux sombres et curieux, de petites pattes aux doigts grassouillets. Entièrement recouverte d'une souple fourrure brune, elle n'évoquait rien tant que la poupée wookie avec laquelle jouait Luke lorsqu'elle était petite. De fait, la ressemblance était si frappante que Leia crut d'abord à un rêve, un souvenir d'enfance ramené à la surface de sa conscience par le choc.

Mais ce n'était pas un rêve. C'était un Ewok. Il s'appelait Wicket.

Il était mignon, mais pas seulement, à en juger par le petit couteau qu'il portait à la taille. C'était d'ailleurs tout ce qu'il portait, mis à part le petit capuchon de cuir fin qui lui recouvrait le crâne.

Leia et le Ewok s'entre-regardèrent sans bouger pendant une pleine minute. La découverte de la princesse semblait poser à la petite créature une série de problèmes du type : ce qu'elle était et ce qu'elle cherchait.

Pour le présent immédiat, Leia cherchait à s'asseoir. Elle s'assit, en poussant un grognement de douleur. Manifestement effrayée, la petite boule de poils trébucha, dérapa et tomba en arrière en poussant un piaulement aigu.

Leia avait entrepris l'inventaire des dommages. Ses vêtements étaient déchirés et elle était littéralement couverte de coupures, d'ecchymoses et d'écorchures, mais rien n'avait l'air cassé. Par contre, elle n'avait pas la moindre idée de l'endroit où elle se trouvait. Elle tenta de tourner la tête pour étudier les lieux, ce qui lui arracha aussitôt un second grognement.

C'en était trop pour le Ewok. D'un bond il fut sur pied, empoigna une mini-lance aussi haute que lui. Il entreprit ainsi armé de contourner la géante, sa javeline pointée sur elle, avec un air qui se voulait menaçant et n'était qu'effrayé.

— Eh! Ote-moi ça de là, lança Leia, agacée, en détournant l'arme.

Etre embrochée par un ours en peluche, voilà vraiment ce qu'il lui manquait encore!

— Je ne vais pas te faire de mal, ajouta-t-elle, radoucie par la mine comiquement affolée du gnome.

Elle se redressa avec une grimace, fit manœuvrer ses jambes. Prudemment, le Ewok recula de quelques pas.

— N'aie pas peur, reprit Leia d'une voix intentionnellement rassurante. Je veux seulement aller voir dans quel état est mon moto-speeder.

Parler lui servait à mettre à l'aise la petite créature, et parler signifiait qu'elle était capable de parler. Double avantage!

Les jambes encore chancelantes, elle marcha lentements vers les restes de son véhicule. Ce n'était plus qu'un amas de métal tordu et gisant au pied d'un tronc noirci. Inutile désormais d'espérer rejoindre ses amis autrement que par ses propres moyens.

En s'éloignant, Leia avait probablement fait la preuve aux yeux de l'ourson de ses intentions pacifiques car le Ewok se mit à la suivre en trottinant. Leia se pencha pour fouiller dans les décombres, y découvrit le blaster de l'éclaireur. C'était d'ailleurs tout ce qui restait de lui.

— Je crois que j'ai sauté au bon moment, murmura la jeune femme.

Le Ewok évalua la situation de ses gros yeux brillants, secoua la tête de haut en bas, puis de gauche à droite. Sur quoi il se lança dans une tirade vociférante de plusieurs secondes.

Leia fit des yeux le tour de la forêt. Pas le moindre signe qui lui indiquât la direction à prendre. Avec un soupir de découragement, elle se laissa tomber sur un tronc renversé. Elle se trouvait ainsi au niveau du Ewok, dont elle croisa à nouveau le regard. Elle y lut un trouble et une indécision qui faisaient parfaitement écho à son propre trouble et à sa propre indécision.

— L'ennui, confia-t-elle à la petite créature, c'est que je suis coincée ici. Et je ne sais même pas où « ici » se trouve.

Elle laissa tomber la tête dans ses mains pour se concentrer sur le problème tout en soulageant la douleur qui lui taraudait les tempes. Wicket vint s'asseoir à ses côtés, mimant exactement sa posture — la tête dans les pattes et les coudes sur les genoux. Il laissa échapper ce qui, en ewok, représentait un soupir de sympathie.

— Tu n'aurais pas un transpondeur sur toi, par le plus grand des hasards ? reprit Leia.

Le Ewok cligna des paupières à plusieurs reprises, lui renvoya le regard de ses grands yeux perplexes.

— Ne t'en fais pas, sourit Leia. Je plaisantais.

Soudain le Ewok se figea. Il agita les oreilles, renifla l'air, la tête penchée pour mieux écouter.

— Quelque chose qui ne va pas ?

A son tour, Leia perçut ce qui avait dérangé Wicket. Un froissement de feuilles sous un pas tranquille. Elle tira son pistolet et d'un bond fut derrière le tronc, immédiatement imitée par le Ewok qui se tassa sous l'abri en poussant un cri aigu.

La décharge ne vint pas d'où Leia l'attendait, mais de très haut, quelque part sur la droite. Elle explosa devant le tronc dans une gerbe de lumière et d'aiguilles de pin. Leia répondit de deux courtes giclées, mais au moment même où elle pressait la détente, elle réalisa qu'il y avait quelque chose *derrière* elle. Lentement, elle pivota... Pour plonger son regard droit dans le canon d'un fusil impérial. L'éclaireur tendit la main vers l'arme de la jeune femme.

— Je me charge de ça, ricana-t-il. Aïe !

Une menotte poilue avait jailli de sous le tronc et planté son couteau dans la jambe de l'homme qui se lança aussitôt dans une furieuse danse à cloche-pied.

Leia roula sur elle-même, empoigna au passage son blaster tombé et tira. Le coup atteignit l'éclaireur en pleine poitrine. A la seconde suivante, la forêt avait avalé bruit et lumière et retrouvé son calme, comme si rien ne s'était passé. Leia, haletante, ne bougeait pas, prête à une autre attaque. Elle ne vint pas.

Finalement, Wicket risqua sa tête ébouriffée hors de l'abri et examina les environs.

— Iiiip rrp scrp oooh, conclut-il, impressionné.

Leia s'accroupit, entreprit prudemment une exploration des environs immédiats en bondissant d'un arbre à l'autre pour offrir la plus petite cible possible.

— Bon, déclara-t-elle enfin. Pour le moment, tout est calme, mais on ferait tout de même bien de ne pas traîner dans le coin.

Avec un signe d'appel au petit Ewok, elle commença à s'éloigner mais Wicket courut à sa suite, la tira par la manche, indiquant une autre direction. Leia se décida donc à lui abandonner les commandes et à le suivre.

Tout en avançant à travers l'épaisse forêt, elle laissait son esprit divaguer, confiant à ses seules jambes le soin de la guider. Sous ces arbres à l'âge inimaginable, elle se sentait ramenée à la taille d'un nain. Lilliput au pays de Gulliver !

Toute sa vie, elle avait vécu parmi les géants de son monde — son père, le sénateur Organa, sa mère ministre de l'Education, ses pairs, ses amis... des géants, tous. Mais ces arbres *étaient* la grandeur : la grandeur de la nature. Ils étaient plus vieux que le temps même ! Ils seraient encore là après sa disparition ; ils survivraient à la Rébellion, à l'Empire, à l'humanité peut-être.

C'était à la fois effrayant et rassurant. Leia se sentait partie de cette nature grandiose qui défiait le temps... et unique à la fois. Petite et grande. Brave et timide. Elle se sentait minuscule étincelle dansant au milieu des feux de la vie...

Dansant derrière un ourson replet qui l'entraînait toujours plus profondément dans les bois.

*
**

Les câbles optiques bourdonnaient faiblement, baignant de leur lueur irréelle les gardes immobiles à l'entrée de la salle du trône. Vador traversa la pièce d'un pas rapide, escalada les marches et s'immobilisa, à genoux, derrière le trône.

Cette fois, il n'eut pas longtemps à attendre.

— Relevez-vous, mon ami, laissa tomber la voix de l'Empereur. Et parlez.

Le siège pivota lentement et le regard de Vador croisa un autre regard empli de nuit.

— Mon maître, répondit le Seigneur Noir, un petit contingent rebelle a franchi le bouclier et atterri sur Endor.

— Oui, je sais.

Pas la moindre intonation de surprise dans la voix de l'Empereur. Plutôt de la satisfaction.

— Mon fils est avec eux, poursuivit Vador.

Un haussement de sourcils, presque imperceptible.

— Vous en êtes certain ? s'enquit l'Empereur du même ton froid, à peine intrigué.

— J'ai senti sa présence, mon maître.

C'était presque une provocation. L'Empereur craignait le jeune Skywalker, il redoutait son pouvoir. Et cela, Vador le savait. Comme il savait que ce n'était qu'avec son aide que l'Empereur pouvait espérer retourner le jeune chevalier Jedi.

— *Je* l'ai senti, insista le Seigneur Noir, enfonçant le clou.

— Il est curieux que *moi,* je n'aie rien senti de tel, murmura l'Empereur.

Les yeux de l'Empereur n'étaient plus que deux minces fentes. Bien sûr, la Force n'était pas toute-puissante et l'Empereur le savait aussi bien que Vador. Comme il savait que personne n'est infaillible. Mais l'existence d'un lien particulier entre Vador et son fils n'expliquait pas tout. L'Empereur avait conscience d'une opposition nouvelle, d'un gauchissement dans la Force, qu'il ne comprenait pas.

— Je me demande si, en la matière, votre perception est bien claire, Seigneur Vador.

— Parfaitement claire, mon maître, énonça calmement Vador.

Comment aurait-il pu se tromper alors qu'il sentait la présence de ce fils le harceler, l'envahir, l'attirer, l'appeler d'une voix qu'il était seul à entendre ?

— Dans ce cas, vous devez vous rendre sur Endor et l'attendre.

— Pensez-vous qu'il viendra à moi ?

Vador en doutait. Cela ne concordait pas avec ce qu'il ressentait, et il en était troublé.

— De son plein gré, affirma l'Empereur.

Il fallait qu'il en soit ainsi, sinon tout était perdu. La corruption d'un esprit était une entreprise de séduction, non de coercition. Il y fallait une participation active du sujet, un appétit dévorant. Pour l'instant, Luke Skywalker tournait encore autour du feu noir avec des hésitations de chat tâtant de la patte sa jatte de lait, mais il viendrait. De cela, l'Empereur était sûr.

— Cela est écrit, acheva à haute voix l'Empereur. Sa compassion pour vous sera sa chute.

La compassion avait toujours été l'écharde dans le

pied des Jedi et le serait toujours. C'était cela qui les rendait vulnérables. L'Empereur, lui, n'avait pas de point faible.

— Le garçon viendra à vous et vous l'amènerez devant moi.

Vador s'inclina.

— Comme il vous plaira, Maître.

*
**

Luke, Chewie, Yan et 6PO fouillaient méthodiquement le sous-bois, suivant D2 dont les antennes continuaient à pivoter en tous sens. Le petit droïd frayait une piste à travers l'épaisse jungle avec une efficacité remarquable et discrète. A chaque difficulté, il exhibait d'une partie de sa carrosserie l'outil adéquat et tranchait, déplaçait, soulevait... Il s'arrêta soudain, à la consternation de certains de ses suiveurs. Sur son écran radar, une courbe s'affola tandis qu'un cliquètement furieux dénotait une activité intense de ses circuits.

— Vrr dEEp dWp booo dwee op ! annonça-t-il.

6PO se précipita pour le rejoindre.

— D2 dit que les moto-speeders se trouvent droit devant. Oh, la, la !

Toute la troupe se rua vers la clairière proche, pour s'immobiliser tout net à la vue des débris de trois véhicules calcinés dispersés çà et là dans la trouée — sans parler des restes de leurs conducteurs.

Sans oser se regarder de peur de lire dans les yeux de l'autre la réponse que chacun se refusait à formuler, les membres du groupe se dispersèrent pour fouiller les décombres. Ils ne découvrirent pas grand-chose. Seul Yan, quand il rejoignit les autres, tenait à la main un morceau de tissu arraché à la veste de Leia.

— Les senseurs de D2 ne trouvent aucune autre trace de la princesse Leia, commenta sobrement 6PO.

— J'espère qu'elle n'est pas dans les parages, déclara Yan à mi-voix.

Il ne voulait pas imaginer la disparition définitive de Leia. Pas après tout ce qu'ils avaient vécu ensemble...

— Il semble qu'elle soit tombée sur deux d'entre eux, dit Luke pour dire quelque chose.

— Et qu'elle leur ait fait leur affaire, acheva Yan.

Comme Luke, il se cramponnait à des trivialités pour éviter d'avoir à tirer des conclusions.

Seul Chewbacca semblait se désintéresser totalement de la clairière. Tourné vers l'épaisseur du feuillage, il reniflait, fronçait le nez, grondait... Il plongea brusquement dans les fourrés, les autres à sa suite.

D2 émit une série de sifflements nerveux.

— Tu as capté quoi ? jappa 6PO. Essaie d'être un peu plus précis, tu veux !

Au fur et à mesure que les membres du groupe s'enfonçaient sous le couvert, les arbres se faisaient plus hauts, les troncs plus massifs, la lumière plus rare. Mis à part les droïds qui ne paraissaient nullement affectés par la transformation, ils éprouvaient tous trois la nette sensation d'être en train de rétrécir.

Sans que rien l'eût laissé présager, la forêt céda à nouveau le terrain à un espace découvert. Au centre de la clairière, un gros pieu était planté dans le sol d'où pendaient des quartiers de viande crue. D'abord figés par l'étonnement, les membres de la troupe marchèrent lentement vers le pieu.

— Qu'est-ce que c'est que ça ? s'étonna 6PO, résumant la pensée générale.

Chewbacca semblait la proie d'un véritable délire olfactif. Il résista autant qu'il le put mais la lutte était par trop inégale. Il lança la patte, agrippa un quartier de viande.

— Non, attends ! cria Luke. Ne...

Trop tard ! A l'instant même où Chewie tirait sur l'objet de ses désirs, un immense filet s'abattit sur les imprudents qui se trouvèrent brutalement soulevés du sol dans un fouillis de bras et de jambes entremêlés. D2 émit un concert de sifflements aigus — il était programmé pour ne pas supporter la position inversée — auxquels répondirent les barrissements désolés du Wookie. Yan arracha de sa bouche une patte velue, recracha une poignée de poils.

— Bravo, Chewie ! Bien joué. Quand tu pourras penser à autre chose qu'à ton estomac...

— Du calme, intervint Luke. Essayons plutôt de trouver le moyen de nous débarrasser de ce machin.

Il tenta, sans succès, de libérer ses bras. L'un était bloqué derrière son dos, l'autre coincé par la jambe de 6PO.

— Quelqu'un pourrait-il attraper mon épée ?

D2 se trouvait au fond. Il exhiba l'un de ses appendices coupants et commença à sectionner une maille du filet pendant que Yan étirait son bras par-dessus l'épaule de Chewie pour saisir l'épée suspendue à la taille de Luke.

A la seconde liane découpée par D2, le filet se détendit, faisant s'effondrer la pyramide de corps. Yan se retrouva écrasé contre le droïd-protocole.

— Vas-tu t'ôter de là, espèce d'échalas ! gronda Solo.

— Imaginez-vous que, moi, je me sente à l'aise ? contra 6PO, horrifié par une situation aussi peu protocolaire.

— Je m'en contre...

Le filet venait de céder et tout le monde se trouva projeté à terre. Les uns après les autres ils retrouvèrent leurs esprits, vérifièrent qu'il n'y avait rien de cassé... Les uns après les autres ils réalisèrent qu'ils étaient entourés par une vingtaine de petits êtres à fourrure, tous encapuchonnés de cuir souple ; et brandissant tous une lance.

L'un d'eux s'approcha de Yan, sa lance pointée un peu trop près au gré du général.

— Braque ce joujou ailleurs, décréta Solo en détournant l'arme.

Un second Ewok se précipita. A nouveau, Yan repoussa la pique, mais en y gagnant une coupure au bras. L'affaire se corsait !

Luke porta la main à son épée, mais interrompit son geste en voyant un troisième larron écarter les plus excités en leur stridulant ce qui paraissait une semonce bien sentie.

Yan, par contre, était blessé et furieux. Il porta la main à son pistolaser et Luke n'eut que le temps de l'en empêcher.

— Inutile, ajouta-t-il. Tout se passera bien.

Luke n'aurait su préciser ce qui, dans l'attitude de ces créatures, lui inspirait cette confiance. Yan rabaissa son bras et se laissa désarmer sans protester. Les Ewoks confisquèrent les autres armes, y compris l'épée de Luke.

D2 et 6PO étaient enfin parvenus à s'extraire des mailles du filet. Les regards des Ewoks convergèrent brusquement vers le droïd doré. Sur quoi les petits êtres se mirent à discuter entre eux à grands renforts de cris aigus et de piaulements.

— 6PO, tu peux comprendre ce qu'ils racontent ? interrogea Luke.

L'interpellé se redressa en se tâtant à la recherche d'éventuelles ébréchures.

— Oh ! ma tête ! gémit-il.

A le voir debout, les Ewoks redoublèrent de pépiements. Ils gesticulaient, sautillaient, bondissaient en désignant le droïd du doigt.

6PO prit son temps pour repérer celui qui semblait être le chef et déclara :

— Chrii briib a shouur du.

— Bloh wriii dbliiop wiischrii ! répondit l'autre.

— Du wii shiis ?
— Riiop glav wriiipsh.
— Shriii ?

Comme si 6PO venait de prononcer quelque parole magique, tous les Ewoks lâchèrent leur arme pour se prosterner devant le droïd scintillant en entonnant à l'unisson : Iicki whoh, iicki whoh, rhiicki rhiicki whoh...

6PO se retourna vers ses amis avec un petit haussement d'épaules embarrassé.

— Mais enfin, qu'est-ce que tu as bien pu leur dire ? demanda Yan qui ouvrait des yeux larges comme des soucoupes.

— Bonjour, je crois, répondit 6PO en s'excusant presque.

Sur quoi il se hâta d'ajouter :

— Bien sûr, il reste toujours une infime probabilité pour que j'aie pu commettre une erreur. Ces êtres utilisent un dialecte tellement primitif !... Je crois, néanmoins, qu'ils me considèrent comme une sorte de divinité.

Pour Chewbacca et D2, l'assertion était du dernier comique et ils ne se privèrent pas de le faire savoir à grands renforts de rugissements hystériques et de sifflements stridents.

Yan, lui, se contenta de secouer lentement la tête en appelant à l'aide toute la patience de la galaxie.

— Si ce n'est pas trop te demander, laissa-t-il filer d'une voix suave, pourrais-tu user de ta divine influence pour nous tirer de là ?

6PO se redressa de toute sa taille et, avec son sens indécrottable du décorum :

— Je vous présente toutes mes excuses, Commandant Solo, énonça-t-il, mais cela ne serait pas adéquat.

— Pas adéquat !? rugit Yan (il avait toujours su qu'un jour, ce pompeux droïd irait trop loin ; ce jour-là semblait arrivé).

Le retour du Jedi. 5.

— Il est contradictoire avec ma programmation d'incarner une divinité, répliqua sèchement 6PO, un peu agacé d'avoir à s'expliquer sur une telle trivialité.

Yan marcha sur 6PO, l'œil assassin, les doigts déjà tendus vers la prise qui permettait de désactiver le robot.

— Ecoute-moi bien, tas de boulons. Si tu ne...

Il n'alla pas plus loin. Quinze lances étaient pointées sur son visage.

— Je plaisantais, évidemment, acheva-t-il d'un ton affable.

*
**

La procession de Ewoks progressait lentement dans la forêt profonde — cohorte de fourmis dans ce labyrinthe de géants. Le soleil avait presque disparu et les ombres qui s'étiraient rendaient plus imposant encore ce caverneux domaine. Les Ewoks, en tout cas, ne paraissaient guère impressionnés et ils s'y mouvaient à l'aise, tournant et retournant sans une hésitation dans les corridors couronnés de voûtes de lianes.

Ils transportaient leurs quatre prisonniers — Yan, Chewbacca, Luke et D2 — attachés à de longues perches et entourés de lianes. Ainsi saucissonnés, les captifs évoquaient de grosses larves gigotant dans leur grossier cocon.

6PO venait derrière, installé sur un trône rudimentaire, fait de branchages et de feuilles et porté haut sur les épaules des Ewoks. Avec la dignité de quelque royal potentat, il tournait lentement la tête de gauche à droite pour considérer les derniers rayons lavande qui jouaient à travers les branches, les fleurs exotiques en train de se fermer, les fougères lustrées, les arbres sans âge... Personne avant lui, jugeait-il, n'avait pu apprécier ce paysage avec la précision qui était la sienne. Car personne ne possédait ses capteurs, ses circuits, ses programmes, ses mémoires de données. Dans un certain sens, cela faisait de lui le *créateur* de ce petit univers, de ses images et de ses couleurs.

Et 6PO jugea que cela était bon.

6

Cahote par les inégalités du terrain, Luke s'efforçait d'oublier l'inconfort de sa position en fixant son attention sur les petites étoiles orangées qui scintillaient dans les frondaisons. Il s'étonnait que leur lueur parvienne à percer l'épaisseur du feuillage.

Son étonnement s'accrut quand les petits Ewoks commencèrent à hisser leurs prisonniers le long d'un réseau complexe de rampes et de marches creusées à même les énormes troncs. Plus on s'élevait, plus les lumières grossissaient. Lorsque la colonne atteignit une centaine de pieds d'altitude, le doute ne fut plus permis. Ce que Luke avait pris pour des étoiles était, en réalité, des feux de camp. Des feux de camp allumés *dans* les arbres !

Les prisonniers furent finalement déposés sur une plate-forme branlante d'où l'œil plongeait droit dans l'abîme, et Luke craignit un moment qu'on ne les jette tout bonnement par-dessus bord afin de vérifier leurs connaissances en matière de vol plané. Mais les Ewoks semblaient avoir pour eux d'autres projets.

L'étroit balcon s'interrompit à mi-chemin entre deux arbres. Le premier Ewok de la file empoigna une longue liane et s'élança en direction du second tronc, percé — comme put le voir Luke en tordant la tête —

d'une sorte de grotte creusée dans le bois. Un échange de lianes s'instaura rapidement d'un arbre à l'autre, jusqu'à ce qu'une sorte de passerelle soit tissée au-dessus du vide. Luke, toujours attaché à sa perche, se retrouva poussé et tiré le long de ce pont de fortune. Sur le parcours, il osa un coup d'œil vers le bas... referma vivement les yeux.

Une fois tous les captifs convoyés de la même manière de l'autre côté de la passerelle, les petits ours à l'agilité de singe démantelèrent le réseau de lianes et poursuivirent leur chemin à l'intérieur du second tronc. Il y faisait totalement noir, mais il parut à Luke qu'il s'agissait d'un tunnel et non d'une grotte comme il l'avait d'abord cru. Impression qui se confirma lorsque, cinquante mètres plus loin, la colonne déboucha sur la face opposée de l'arbre. En plein centre d'un village.

C'était un ensemble de plates-formes, de balcons et d'estrades, érigés au milieu des arbres sur des échafaudages, et supportant des huttes qui combinaient astucieusement le cuir, le torchis et le chaume. De petits feux de camp brûlaient çà et là. Autour de ces feux, des Ewoks ; des Ewoks par centaines.

Des cuisiniers, des tanneurs, des gardes, des vieillards. Des mères qui attrapaient leur bébé effrayé à la vue des prisonniers et couraient se réfugier dans leur hutte. Des Ewoks qui montraient du doigt les arrivants ou chuchotaient entre eux. Des enfants qui s'amusaient. Des troubadours qui s'accompagnaient sur d'étranges instruments faits de bois ou de roseaux.

Le fumet du repas en train de cuire emplissait l'air. Au-dessous, c'était le vide béant, au-dessus l'immensité ; mais ici, dans ce village suspendu, c'était la chaleur et la lumière ; c'était la paix.

Les ravisseurs et leurs prisonniers s'arrêtèrent devant la plus vaste hutte et Luke, Chewie et D2, toujours liés à leur perche, furent déposés contre un arbre proche. Yan paraissait voué à un destin particulier. Les petits ours l'entraînèrent à l'écart et le lièrent à un poteau au pied duquel un trou aux parois noircies évoquait étrangement un barbecue. Après quoi les Ewoks par dizaines firent cercle autour de lui en échangeant moult piaulements animés.

Teebo émergea de la vaste cahute. Il était un peu plus grand que la plupart des autres et indéniablement plus féroce. Sa fourrure était un zébrage de raies claires et foncées, dans les tons de gris. Au lieu du petit capuchon de cuir, il arborait un demi-crâne de bête à cornes qu'il avait orné de plumes. Il tenait une hachette de pierre et, même pour un être aussi petit qu'un Ewok, marchait d'un pas indiscutablement conquérant.

Il examina les prisonniers d'un coup d'œil rapide, parut prononcer un genre de sentence. Alors un des membres de la chasse — Paploo, celui qui portait une petite cape et avait paru montrer envers les prisonniers des sentiments plus modérés — fit un pas en avant.

Pendant quelques courts instants Teebo conféra avec Paploo, puis la discussion sembla prendre un tour moins civil. Manifestement, Paploo prenait la défense des captifs tandis que l'autre rejetait systématiquement tous ses arguments. Le reste de la tribu suivait le débat avec un intérêt soutenu, plaçant à l'occasion commentaires et exclamations.

6PO dont le trône-litière avait été installé à la place d'honneur, près du poteau de Yan, paraissait littéralement fasciné. Il traduisit les premiers échanges à l'intention de Luke puis abandonna la partie : le débit des orateurs était vraiment trop rapide et il ne voulait pas risquer de perdre le fil de la discussion. Conséquemment, les prisonniers n'obtinrent guère de lui que les noms respectifs des interlocuteurs.

— Je n'aime pas beaucoup le tour que prennent les choses, grogna Yan à l'adresse de Luke.

Chewie partageait cette analyse pessimiste de la situation et le gronda d'abondance.

Soudain, de la grande hutte, émergea un troisième Ewok. Il devait occuper d'importantes fonctions à en juger par le silence respectueux qui salua son apparition. Plus court que Teebo, il portait aussi sur la tête un crâne découpé — un crâne d'oiseau géant orné d'une unique plume. Sa fourrure était brun rayé, son visage expressif. Il ne portait pas d'arme mais un court bâton fait de vertèbres artistement assemblées. Une petite bourse pendait à sa taille.

Il s'avança vers les captifs qu'il examina longuement, reniflant Yan, froissant entre ses doigts le tissu du vêtement de Luke. Derrière lui, Teebo et Paploo avaient entrepris de lui exposer leurs divergences, mais devant son manque total d'intérêt, ils finirent par abandonner la partie.

— Celui-ci s'appelle Logray, daigna laisser tomber 6PO.

Lorsque Logray arriva devant Chewbacca, sa curiosité parut redoubler et il se mit à piquer le Wookie sur toutes les coutures du bout de son bâton d'os. Il y gagna un grondement d'avertissement qui, manifestement, se passait de traduction car il recula vivement. Fouillant dans sa bourse, il en tira une poignée d'herbes qu'il jeta dans la direction de Chewbacca.

— Fais gaffe, Chewie, appela Yan. Ça doit être le cuistot en chef.

— Non, rectifia 6PO. Je crois qu'il s'agit en réalité du sorcier.

Luke était tenté d'intervenir, mais il décida de patienter. Dans la mesure du possible, mieux valait laisser cette petite communauté sérieuse tirer elle-même les conclusions quant aux prisonniers.

Logray avait repris son examen. Il se planta devant D2, renifla la carrosserie métallique du droïd, la tapota, doucement d'abord puis avec plus de force... Son visage se plissa en une grimace de profonde consternation. Il réfléchit quelques instants encore, puis ordonna que l'on détache le robot.

La foule laissa échapper un murmure inquiet et recula de quelques pas, tandis que deux gardes s'avançaient pour trancher les liens de D2. Libéré, le petit droïd glissa le long du poteau et s'écrasa sans façon sur le sol.

Les gardes se précipitèrent pour le remettre sur ses roues. D2 était furieux. Ses paramètres ayant donné Teebo comme source de ses déboires, il s'élança et entreprit de courser le responsable terrorisé. La foule rugit — certains encourageant Teebo, d'autres optant pour le droïd détraqué.

Une charge électrique décochée par D2 atteignit son but. Teebo sauta en l'air avec un couinement suraigu, avant de filer aussi vite que le lui permettaient ses petites pattes. Dans la foule, piaulements d'indignation ou de ravissement saluèrent l'issue de la poursuite. Profitant du remue-ménage, Wicket s'était subrepticement glissé dans la hutte du conseil.

6PO était hors de lui.

— D2, vas-tu arrêter tout de suite! Tu ne fais qu'envenimer les choses.

Les roues de D2 le véhiculèrent face au droïd doré qui s'entendit décocher une tirade véhémente.

— Wreee op doo rhee vrr gk gdk dk whoo dop dhop vree doo dweet...

Outré, 6PO se redressa de toute sa taille sur son trône.

— Ce n'est pas une façon de s'adresser à quelqu'un qui occupe ma position.

La situation menaçait de dégénérer et Luke jugea bon d'intervenir.

— 6PO, déclara-t-il avec dans le ton un soupçon d'impatience, je crois qu'il est temps pour toi d'éclairer nos petits amis à notre sujet.

Avec une mauvaise grâce manifeste, le droïd doré se

tourna vers l'assemblée et prononça un petit discours entrecoupé de gestes qui désignaient ses compagnons attachés à leurs poteaux.

Logray prit très mal la chose. Il agita par trois fois son bâton-médecine, tapa du pied, noya 6PO sous une averse de cris stridents pendant une pleine minute. A la suite de quoi il adressa un signe de tête à quelques-uns de ses fidèles qui acquiescèrent du chef et commencèrent à emplir de branchettes la cavité creusée sous les pieds de Solo.

— Eh bien, qu'est-ce qu'il a dit ? s'énerva Yan qui sentait son angoisse monter à chaque nouvelle brassée de fagots.

— C'est très embarrassant pour moi, Commandant Solo, geignit 6PO au comble du désespoir, mais il apparaît que vous devez constituer le mets de choix du festin donné en mon honneur. Logray s'affirme profondément offensé de ce que j'aie pu émettre une suggestion contraire.

Avant qu'aucune autre parole ait pu être prononcée, les tam-tams entamèrent un air syncopé et toutes les têtes se tournèrent vers l'ouverture de la grande hutte d'où était en train d'émerger Wicket, suivi du chef Chirpa.

Chirpa était l'émanation même de l'autorité. Gris de pelage, il était couronné d'une guirlande de feuilles tressées, entremêlées de dents et de cornes d'animaux. Sa main droite tenait un sceptre sculpté dans une épine dorsale de reptile volant tandis que son bras gauche s'enroulait avec délicatesse autour d'un petit iguane.

Il engloba toute la scène d'un seul coup d'œil, avant de se retourner vers l'entrée de la cabane pour accueillir son hôte.

Son hôte était une hôtesse : une belle et jeune princesse d'Alderaan.

« Leia ! » crièrent ensemble Luke et Yan. « Rahrrharh ! », « Boo dEEdwee ! », « Votre Altesse ! », renchérit le chœur des non-humains.

Leia se rua vers ses amis mais une rangée de lances pointées vers elle stoppa net son élan. La princesse se tourna vers Chirpa, puis vers son robot-interprète.

— 6PO, explique-leur que ce sont mes amis et qu'il faut les libérer.

— Iip sqii rhiiow, traduisit 6PO de son ton le plus civil. Sqiiow roah miip miib iirah.

Deux hochements de tête négatifs accueillirent la requête du droïd. Logray caqueta quelques mots à ses assistants qui recommencèrent avec ardeur à empiler les fagots sous les pieds de Solo.

Yan échangea avec Leia un regard d'impuissance.

— Quelque chose me dit que ça n'a pas arrangé nos affaires, constata-t-il avec un pauvre sourire.

— Luke, que peut-on faire ? interrogea Leia d'une voix pressante.

Rien ne se déroulait comme elle l'avait escompté. Elle avait pensé obtenir des Ewoks un guide pour rejoindre le vaisseau ; au pire, un souper et le logement pour la nuit. Elle ne comprenait décidément pas ces petites créatures.

— Luke ? insista-t-elle.

Yan s'apprêtait à émettre une suggestion lorsqu'il fut frappé par la confiance totale qu'il lisait dans les yeux de Leia. Une confiance mise en Luke et non en lui. C'était la première fois qu'il notait le fait — un fait qui n'avait rien d'agréable eu égard à ce qu'il impliquait.

Ce fut Luke qui exprima l'idée que Yan avait en tête.

— 6PO, ordonna-t-il, tu vas leur dire que s'ils ne font pas ce que tu désires, ta colère sera grande, et que tu te serviras alors de tes pouvoirs magiques.

— Quels pouvoirs magiques, Messire Luke ? protesta le droïd. Je n'ai aucun...

— Fais ce que je te dis !

Contrairement à son habitude, Luke avait haussé le

ton (il y avait des moments où 6PO mettait à rude épreuve même la patience d'un Jedi).

Le droïd-interprète se tourna vers l'assistance et d'un ton hautain de circonstance :

— Iimiiblii scriitch oahr aish ch chiistii miip iip iip, décréta-t-il.

La proclamation sema le trouble parmi les Ewoks qui reculèrent, à l'exception de Logray qui fit deux pas en avant avant de lancer ce qui ne pouvait être qu'un défi.

— Ils ne me croient pas, Messire Luke, s'affola 6PO. Je vous avais prévenu...

Luke ne l'écoutait pas. Les yeux fermés, il projetait le droïd à l'intérieur de lui-même. Il le voyait assis, brillant, sur son trône de feuilles, assis dans le gouffre obscur de sa conscience... Il le voyait s'élever lentement...

Lentement, 6PO commença à s'élever.

Au début, le droïd ne remarqua rien ; personne ne remarqua rien, au début. 6PO poursuivait sa harangue affolée.

— ... Je vous avais prévenu qu'ils ne me croiraient pas. Je ne sais pas pourquoi vous... eh!... Une minute... Qu'est-ce qui se passe ?

Les Ewoks réalisèrent presque en même temps que 6PO ce qui était en train de se produire. Ils tombèrent en arrière, terrorisés par ce trône qui se soulevait de terre. Alors, le trône commença à tourner sur lui-même, lentement, majestueusement.

— Au secours ! couina 6PO. D2, au secours !

Le chef Chirpa hurla une série d'ordres à ses subordonnés qui, plus morts que vifs, se précipitèrent pour délivrer les prisonniers de leurs liens. Leia, Yan et Luke se jetèrent dans les bras les uns des autres en une même étreinte ; ils éprouvaient le sentiment d'avoir remporté leur première victoire contre l'Empire.

Il fallut quelques secondes à Luke pour réagir aux bip-bip plaintifs de D2. Lorsqu'il se retourna, ce fut pour découvrir le droïd figé sous le trône qui continuait à tourner avec, à son bord, un 6PO à la limite du court-circuit. Lentement, Luke abaissa le trône jusqu'à terre.

— Merci, 6PO, déclara chaudement le jeune Jedi en tapotant l'épaule du droïd.

Mal revenu encore de ses émotions, 6PO esquissa une sorte de sourire électronique un peu tremblant.

— Euh... euh... Je dois reconnaître que j'ignorais l'existence de cette fonction, avoua-t-il.

***

Si, selon les critères ewoks, la hutte du chef était vaste, Chewbacca, assis en tailleur à l'intérieur, devait consacrer une attention de tous les instants à ne pas en soulever le toit de la tête. Le Wookie et ses camarades avaient pris place d'un côté de l'abri, tandis que le chef et les Anciens leur faisaient face, du côté opposé. Au centre, entre les deux groupes, un petit feu promenait ses lueurs capricieuses sur les murs de terre.

Au-dehors, tout le village était dans l'attente des résultats de ce conseil extraordinaire. C'était une nuit claire, une nuit de réflexion et de décisions. Malgré l'heure tardive, aucun habitant ne reposait.

A l'intérieur, 6PO remplissait ses devoirs de traducteur. Il était présentement lancé dans le récit historique de la Guerre Civile Galactique — saga qu'il animait de pantomimes, de commentaires journalistiques et d'effets sonores.

Il obtint un succès patent avec son mime d'un bipode impérial. Les Anciens écoutaient de toutes leurs oreilles, ne relâchant leur attention que pour de brefs apartés à l'issue desquels l'un ou l'autre posait une question. 6PO y répondait avec précision, voire avec fougue. A une ou deux reprises, D2 osa un sifflement, probablement pour donner plus de poids encore au récit de son ami.

Lorsque le droïd doré se tut enfin, le chef conféra quelques instants avec les Anciens avant de se retourner vers 6PO en secouant négativement la tête. Il adressa quelques mots au droïd qui traduisit à l'intention de ses amis.

— Le chef Chirpa estime que c'est une histoire très émouvante, expliqua-t-il, mais dont les Ewoks n'ont pas à se mêler.

Un silence oppressant s'abattit sur la petite pièce, troublé seulement par les craquements du feu qui poursuivait son brillant soliloque.

Ce fut finalement Solo qui se décida à prendre la parole. Pour le groupe. Pour l'Alliance.

— Tu vas leur dire, Echalas — pour la première fois, il souriait au droïd avec une affection consciente —, qu'il est difficile d'expliquer le pourquoi et le comment d'une rébellion, et que ce n'est peut-être pas le rôle d'un traducteur. Moi, je vais leur expliquer de quoi il retourne.

« Ce n'est pas parce qu'on le leur demande qu'ils doivent nous aider. Ce n'est même pas parce que c'est leur intérêt. C'est leur intérêt, bien sûr. Un exemple : l'Empire pompe des quantités *énormes* de l'énergie de cette planète pour générer son bouclier déflecteur et cette énergie, elle va vous faire rudement défaut cet hiver, les copains ; vous allez rudement vous les... enfin, laisse tomber ça et dis-leur le reste.

6PO traduisit. Et Yan reprit :

— Mais ce n'est pas pour *ça* qu'ils doivent nous aider. Je le sais parce que *moi*, j'étais comme ça, toujours à suivre mon propre intérêt. Plus maintenant. Plus autant, en tout cas. Aujourd'hui, une bonne part de ce que je fais, je le fais pour mes *amis*. Qu'est-ce qu'il y a de plus important que les amis ? L'argent ? Le pouvoir ? Jabba avait les deux ; il a fini comment, Jabba ? Bref ! L'important, dans cette affaire, c'est que vos amis... c'est vos *amis*. Vu ?

C'était bien le plaidoyer le plus confus que Leia eût jamais entendu et pourtant, il lui faisait monter les larmes aux yeux. Les Ewoks, eux, demeuraient silencieux, impassibles. Teebo et le petit sage nommé Paploo échangèrent quelques mots à mi-voix, puis le silence retomba. Les visages étaient impénétrables.

La pause se prolongeait. A son tour, Luke s'éclaircit la gorge.

— J'ai conscience d'être un peu abstrait, commença-t-il lentement, mais il est vital pour la galaxie tout entière que les installations impériales sur Endor soient détruites. Levez les yeux. A travers cette petite trappe à fumée, que voyez-vous ? Par ce seul petit trou, vous pouvez compter des centaines d'étoiles. Dans le ciel tout entier, il y en a des millions de millions ; plus que vous n'en pourrez jamais compter. Et toutes ces étoiles ont des planètes, des lunes, et des gens heureux, tout comme vous. L'Empire est en passe de détruire tout cela. Vous pouvez... vous pouviez rester tranquillement allongés sur le dos à contempler les étoiles, avec la sensation d'exploser quelquefois tant elles sont belles. Et vous participez à la même beauté, à la même Force qu'elles. Ce que s'apprête à faire l'Empire, c'est à éteindre les étoiles.

Il fallut un certain temps à 6PO pour traduire ce discours, tant il s'appliquait à peser chaque mot. Un concert de couinements salua ses dernières paroles. Le volume du brouhaha s'enfla, s'apaisa... pour reprendre de plus belle quelques instants plus tard.

Leia savait ce que Luke avait tenté de faire comprendre aux Ewoks, mais elle craignait fortement qu'ils ne fassent pas le rapprochement. Elle fouilla au fond d'elle-même, cherchant le moyen de combler le gouffre entre sa civilisation technique et celle, plus proche de la nature, des Ewoks. Deux civilisations si dissemblables et si pareillement menacées... Elle plongea, et se revit dans la forêt, suivant son guide ; elle revêcut cette étrange sensation d'être à la fois unique et unie à ces arbres dont les branches semblaient caresser les étoiles. Elle sentit leur magie résonner en elle, l'emplir de sa force... Elle se sentit Ewok.

Elle guetta une interruption dans la discussion, et d'une voix ferme et confiante :

— Faites-le pour les arbres, dit-elle.

Ce fut tout. Chacun attendait une suite qui ne vint pas. Il n'y avait pas de suite. Tout était dit.

De l'entrée, Wicket avait observé le déroulement des débats avec une impatience croissante. A plusieurs reprises, il lui avait même fallu se dominer pour ne pas intervenir. Aux paroles prononcées par Leia, il bondit sur ses pieds, fit plusieurs aller et retour à travers la hutte, pour s'arrêter finalement devant les Anciens et se lancer dans un discours passionné.

— Iiip iiip miiip iik, squiii...

6PO traduisit pour ses amis.

— Honorables Anciens, cette nuit nous a fait don d'un bien périlleux et merveilleux à la fois : la liberté. Ce dieu doré... — ici 6PO marqua une pause pour savourer l'instant — ... ce dieu doré (dont la prophétie du Premier Arbre nous avait prédit la venue) nous apprend que nous sommes libres de choisir ; que nous *devons* choisir ; que tout ce qui vit doit choisir son propre destin. Il est venu, Honorables Anciens. Il est venu et il repartira. Car nous n'avons plus le droit de continuer à suivre aveuglément ses préceptes divins. Nous sommes libres.

« Etre libres, qu'est-ce que cela signifie ? Parce qu'un Ewok peut quitter sa forêt, l'en aime-t-il moins ? Non. Il ne l'en aime que plus. Et parce qu'il *peut* partir, il reste. Ainsi en est-il de la parole du dieu doré : nous pouvons nous boucher les oreilles, mais nous continuons à l'écouter.

« Ses amis nous parlent d'une Force, d'un grand esprit vivant dont tous nous faisons partie, comme les feuilles sont uniques et en même temps unies à l'arbre. Cet esprit, Honorables Anciens, nous le connaissons si nous ne lui donnons pas le même nom. Les amis du dieu doré nous disent que la Force est en grand péril, ici et partout. Quand le feu s'empare de la forêt, qui est à l'abri de sa faim dévorante ? Pas même le Grand Arbre dont toutes choses font partie ; ni ses feuilles ; ni ses racines ; ni ses oiseaux. Le péril est pour tous, toujours et à jamais.

« C'est un acte de bravoure que d'affronter un tel feu, Honorables Anciens. Car beaucoup doivent mourir pour que vive la forêt.

« Mais les Ewoks sont braves.

Le regard de Wicket passa sur les Anciens. Aucune parole ne fut prononcée mais le message passait ; la communication s'établissait.

Après une minute environ de cet échange muet, Wicket conclut sa profession de foi.

— Honorables Anciens, nous devons apporter notre soutien à la cause de ces étrangers. Pour les arbres mais aussi pour les *feuilles* des arbres. Ces Rebelles sont comme les Ewoks, comme les feuilles. Battus par les vents, dévorés par les nuées de sauterelles qui habitent le monde, nous nous précipitons contre les feux pour qu'un autre puisse connaître la chaleur de la lumière ; nous faisons un lit de nos corps pour qu'un autre puisse connaître le repos ; nous tourbillonnons dans le vent qui nous emporte afin que la peur du chaos glace le cœur de nos ennemis. Nous changeons de couleur quand la saison nous appelle au changement. De même aiderons-nous nos feuilles-frères — ces Rebelles — car la saison du changement est venue.

Il se tut, immobile devant les sages de son peuple, les lueurs du feu dansant dans ses yeux. Et les Anciens l'entendirent. Les unes après les autres, les têtes hochèrent leur acquiescement.

Le chef se redressa, rejoignit le seuil pour adresser au

village une brève déclaration et, tout soudain, les tambours commencèrent à battre. Les Anciens sautèrent sur leurs pieds, tout leur sérieux envolé, et se jetèrent sur les Rebelles pour les étouffer d'embrassements. Teebo se risqua même à en faire autant vis-à-vis de D2, mais au long sifflement d'avertissement du droïd, il préféra abandonner la partie et se rabattre sur le Wookie.

— Qu'est-ce qui se passe ? interrogea Yan, mi-figue, mi-raisin.

— Je n'en sais trop rien, souffla Leia. Mais ça n'a pas l'air trop mauvais pour nous.

Quoique avec une certaine réserve, Luke participait à cette joyeuse détente avec le sourire et une certaine bonne volonté, quand il sentit un nuage sombre passer sur son cœur et le glacer. Il posa instantanément un masque sur son visage et continua à sourire. Personne n'avait rien remarqué.

6PO avait finalement réussi à saisir, malgré le brouhaha, le sens des explications que lui prodiguait Wicket. Il se tourna vers ses amis, et avec un geste emphatique :

— Nous faisons désormais partie de la tribu, annonça-t-il.

— Mon rêve de toujours, répliqua Solo.

6PO ignora le sarcasme.

— Ils sont décidés à nous aider par tous les moyens à débarrasser leur terre des méchants.

— Un petit quelque chose vaut mieux qu'un grand rien, comme je le dis toujours, gloussa Yan.

6PO commençait à trouver que cet ingrat de Correlien lui échauffait les circuits. Il leur adressa un regard meurtrier avant de poursuivre :

— Teebo dit que ses éclaireurs, Wicket et Paploo, vont nous indiquer le plus court chemin pour rejoindre le générateur de champ.

— Remercie-le de notre part, Echalas.

Chewie barrit à la perspective d'un regain d'activité. L'un des Ewoks se méprit sur le sens de cette manifestation verbale et, croyant qu'il réclamait de la nourriture, lui apporta vivement un énorme quartier de viande que Chewbacca se garda bien de refuser. Il engloutit l'aubaine d'une seule bouchée, sous les regards éberlués et ravis des Ewoks qui se mirent à entamer une gigue effrénée autour de la bête curieuse. Ils se tenaient les côtes de rire et Chewie sentit l'hilarité le gagner à son tour. Une chose en entraînant une autre, Wookie et Ewoks se trouvèrent bientôt engagés dans une folle partie de chatouilles qui ne se termina qu'à l'épuisement total des combattants. Chewie s'essuya les yeux et, pour se remettre de ses émotions, empoigna un second morceau de viande qu'il mâcha, avec plus de réserve toutefois.

Solo commençait déjà à organiser l'expédition.

— Quelle distance d'ici au générateur ? Il va falloir faire vite ; il ne nous reste pas beaucoup de temps. Chewie, au lieu de t'occuper de ton estomac, comme d'habitude, tu ne pourrais pas te remuer un peu ? Donne-moi un morceau de cette viande...

Profitant du remue-ménage, Luke s'était glissé à l'extérieur de la hutte. Tout autour de lui le village était en fête, mais le Jedi n'avait pas le cœur à se réjouir. Il évita la lueur des feux de camp, s'engagea sur une passerelle en direction de l'ombre.

Leia le suivit.

Les bruits de la forêt emplissaient la nuit : stridulations des grillons, frôlements des rongeurs, murmures de la brise, ululements angoissés des chouettes... L'air embaumait le pin et le jasmin. Le ciel était un champ d'étoiles.

Luke leva les yeux vers le plus brillant de ces astres, celui d'où émanaient les sombres nuées qui lui glaçaient le cœur, vers l'Etoile Noire. Il ne pouvait pas en arracher son regard.

C'est dans cette contemplation morbide que le découvrit Leia.

— Qu'est-ce qui ne va pas ? murmura-t-elle.

Luke eut un sourire las.

— Tout, j'en ai peur. Ou rien, peut-être. Peut-être, en fin de compte, les choses se déroulent-elles comme il était écrit qu'elles le feraient.

Il sentait la présence de Dark Vador, toute proche.

— Qu'est-ce que c'est, Luke ?

Leia lui avait pris la main. Elle se sentait profondément liée à lui alors qu'il paraissait si seul, si perdu. A peine si elle sentait le contact de sa main dans la sienne.

Luke baissa les yeux sur ces deux mains entrelacées.

— Leia... Est-ce que vous vous rappelez votre mère ? Votre véritable mère ?

La question prit Leia au dépourvu. Elle s'était toujours sentie infiniment attachée à ses parents adoptifs, au point d'en oublier qu'ils n'étaient pas ses géniteurs. Sa mère était peu à peu devenue pour elle aussi irréelle qu'un rêve. Mais voilà que la question de Luke faisait resurgir des éclairs d'enfance, des visions déformées. Une course... une femme, très belle... une cachette dans un tronc d'arbre...

— Oui, répondit-elle en faisant un effort pour dominer le flot d'émotion qui montait en elle. Un petit peu. Elle est morte quand j'étais toute petite.

— Qu'est-ce que tu te rappelles d'elle ? insista Luke. Raconte.

— Des émotions vagues... des images.

Tout cela était si loin... si loin de ses préoccupations actuelles. Elle aurait voulu refouler ces souvenirs, si lourds tout à coup.

— Raconte, répéta Luke.

D'abord surprise de l'insistance de son ami, elle décida pourtant de lui accorder sa confiance, même s'il l'effrayait un peu.

— Elle était très belle, se souvint Leia à voix haute. Douce et tendre... mais triste.

Elle plongeait dans le regard de Luke, le fouillant à la recherche de ses motivations.

— Pourquoi me demandez-vous ça ?

Luke se détourna vers l'Etoile Noire qui continuait à le narguer, et soudain il eut peur de ce qu'il s'apprêtait à faire, peur des conséquences de sa révélation.

— Je n'ai aucun souvenir de ma mère, éluda-t-il. Je ne l'ai jamais connue.

Leia voulait l'aider. Elle savait qu'elle pouvait l'aider.

— Luke, dis-moi ce qui te trouble.

Il la fixa longuement sans mot dire, évaluant ses potentialités, son besoin de savoir, son désir de savoir. Oui, elle était forte. Il pouvait compter sur elle.

— Vador est ici, en ce moment, avoua-t-il. Sur cette lune.

Leia sentit son sang se figer dans ses veines.

— Comment le savez-vous ?

— Je sens sa présence à chaque instant. Il est venu pour me trouver.

— Mais comment a-t-il su où chercher ? Est-ce que nous avons laissé une piste ? Est-ce que nous nous sommes montrés imprudents ?

— Non, c'est moi qui suis la piste. Quand je me trouve à proximité, il le sent, comme moi je le sens.

Il l'empoigna par les épaules. Il était décidé à tout lui révéler, mais alors même qu'il essayait, il sentait faiblir sa résolution.

— Je dois vous laisser, Leia. Tant que je me trouve auprès de vous, je mets en péril le groupe et notre mission...

Ses mains tremblaient.

— ... Je dois affronter Vador.

Leia nageait en pleine confusion. D'abord ces étranges questions au sujet de sa mère, et maintenant ces non moins étranges liens qui semblaient unir Luke à Vador. Qu'est-ce que Luke essayait de lui faire comprendre ?

— Je ne comprends pas, avoua-t-elle en secouant la tête. Pourquoi devrais-tu forcément affronter Vador ?

Il l'attira à lui avec une nouvelle tendresse, un calme retrouvé.

— C'est mon père, Leia.
— Ton père !?

Elle ne parvenait pas à y croire tout en sachant que ce ne pouvait être que la vérité. Luke la tenait toujours serrée contre lui, comme pour interposer le rempart de son corps entre elle et ce qu'il allait lui révéler.

— J'ai découvert autre chose, Leia, reprit-il. Cela ne va pas être facile pour toi à entendre, mais il le faut. Tu dois savoir avant que je parte car il est possible que je ne revienne pas. Or, si j'échoue, tu deviens l'ultime recours de l'Alliance.

Elle détourna son regard, secoua violemment la tête. Elle ne voulait pas en entendre plus. Chacune des paroles de Luke ne faisait qu'augmenter son trouble et elle refusait ce trouble. Tout ce qu'il racontait n'était qu'un tissu d'absurdités ! Absurde, l'idée qu'elle pût devenir l'unique recours de l'Alliance. Absurde la pensée qu'il puisse mourir !

Elle s'arracha à son étreinte pour nier physiquement les affirmations de Luke, pour les éloigner d'elle, pour reprendre souffle. Mais dans l'univers intérieur qu'elle tentait de préserver, les éclairs de souvenirs continuaient à fulgurer : des étreintes avant une séparation, la chair arrachée à la chair...

— Je t'interdis de parler comme cela, Luke, protesta-t-elle. Tu dois vivre. Moi, je fais mon possible — tout mon possible — mais je suis peu de chose. Sans toi... je suis impuissante. C'est toi, Luke, qui importes. Je l'ai vu. Tu possèdes un pouvoir que je ne comprends pas... un pouvoir que je ne pourrais pas acquérir.

— Tu te trompes — il la tenait à bout de bras, la forçait à le regarder. Tu possèdes aussi ce pouvoir. La Force est puissante en toi. Quand le temps sera venu, tu apprendras à l'utiliser comme moi j'ai appris.

A nouveau elle secoua la tête. Il mentait ! Elle n'avait aucun pouvoir ; le pouvoir était ailleurs. Elle ne pouvait offrir qu'une assistance, un soutien. Qu'est-ce qu'il racontait ? Etait-ce possible ?

Il l'attira plus près, enserra sa tête entre ses mains.

— Leia, reprit-il, la Force est puissante dans ma famille. Mon père la possède ; moi, je la possède... Et ma sœur la possède.

Leia cessa de lutter. Elle plongea son regard dans les yeux de Luke. Ce qu'elle y voyait l'affolait mais, cette fois, elle ne recula pas. Elle accepta de comprendre.

— Oui, souffla Luke. Oui, c'est toi, Leia.

Les larmes envahirent les yeux de Leia.

— Je sais, acquiesça-t-elle.

— Alors, tu sais aussi que je dois aller le rejoindre.

La jeune femme eut un haut-le-corps.

— Non ! cria-t-elle, le visage brûlant, l'esprit en tempête. Non, tu dois fuir, au contraire. Si tu sens sa présence, tu dois t'éloigner de cette planète, fuir le plus loin possible...

Elle posa sa joue sur la poitrine de Luke.

— Je voudrais fuir avec toi, acheva-t-elle.

La main apaisante de Luke caressa les cheveux en bataille.

— Non, c'est faux. Tu n'as jamais failli. Chaque fois que Yan, moi ou les autres avons douté, tu as toujours montré une fermeté de roc. Jamais tu n'as fui tes responsabilités. J'aimerais pouvoir en dire autant de moi.

Il songeait aux risques qu'il avait fait encourir à la cause tout entière en se précipitant avant d'avoir achevé son entraînement. Son impétuosité irresponsable avait failli faire échouer l'entreprise. Il abaissa son regard sur la main artificielle, témoin de cet égarement.

— Chacun de nous doit suivre son destin, conclut-il.

— Mais pourquoi ? Pourquoi dois-tu l'affronter ?

« Oui, pourquoi ? » répéta intérieurement Luke. Pour gagner ou pour perdre ? Pour vaincre ou pour mourir ? Pour accuser ou pour pardonner ?... En réalité, il n'y avait qu'une seule raison. La seule qui puisse importer.

— Parce qu'il y a du bon en lui. Il ne me livrera pas à l'Empereur. Je peux le sauver, le ramener du bon côté de la Force...

Un instant, ses yeux se brouillèrent de doute et de passion.

— ... Je dois essayer, Leia. C'est notre père.

Les larmes ruisselaient sur le visage de la jeune femme blottie contre lui.

— Au revoir, tendre sœur... perdue et retrouvée. Au revoir, Leia.

Il s'arracha à elle. A travers ses larmes, elle le regarda s'éloigner le long de la passerelle et disparaître, engouffré par la nuit.

Elle laissait ses pleurs couler librement, laver les recoins sombres de sa mémoire. Et les souvenirs montaient, les uns à la suite des autres : souvenirs d'allusions voilées, de petites phrases entendues alors qu'on la croyait endormie... Ainsi Luke était son frère ! Et Vador son père ! C'était trop à assimiler à la fois. Elle tremblait sous le choc, sanglotait, hoquetait.

Deux bras se refermant sur elle la firent sursauter. C'était Yan. Parti à sa recherche, il avait reconnu sa voix et était arrivé sur les lieux pour voir Luke s'éloigner. A la vue du visage baigné de larmes de celle qu'il aimait, son sourire railleur mourut sur ses lèvres.

— Eh ! Qu'est-ce qui se passe ici ?

Leia refoula ses sanglots, se passa la main sur les yeux.

— Ce n'est rien, Yan. J'ai seulement besoin d'être seule un moment.

Elle cachait quelque chose. Pour Yan, cela du moins était clair.

— Rien ? gronda-t-il. Je veux savoir ce qui se passe et tu vas me le dire.

Il la secouait avec brutalité, sans même se rendre compte de ce qu'il faisait. Jamais auparavant il ne s'était senti aussi désemparé. Le pire, c'est qu'il croyait connaître déjà la réponse à sa question. Leia... avec Luke... Il ne pouvait se résoudre à imaginer ce qu'il ne voulait pas imaginer. Il haïssait cette rage qui l'avait saisi mais ne pouvait l'endiguer. Il s'aperçut qu'il secouait toujours Leia et ses bras retombèrent.

— Je ne peux pas, Yan...

La lèvre inférieure de Leia tremblait de nouveau.

— Tu ne peux pas ! Vous ne pouvez pas me le dire, à *moi* ? Je croyais que nous étions plus proches l'un de l'autre. Je vois que je me suis trompé.

— Oh, Yan ! cria Leia en éclatant à nouveau en sanglots et en se blottissant dans ses bras.

Sans avoir su comment, Yan se retrouva en train d'enserrer tendrement ses bras autour de Leia, de lui caresser les cheveux, les épaules, pour tenter de la réconforter. Il ne se comprenait plus ; il ne la comprenait plus. Il ne comprenait plus rien ni aux femmes, ni à ce qui se passait, ni à l'univers. Tout ce qu'il savait, c'est qu'à l'instant précédent il était furieux et que maintenant il se sentait tendre et empli d'affection.

— Je suis désolé, dit-il doucement.
— Je t'en prie, serre-moi fort et ne dis plus rien.

La brume matinale paressait encore au-dessus de la végétation embuée de rosée. A l'horizon, le soleil se levait sur la forêt luxuriante à la fraîche senteur mouillée. Endor était encore plongée dans la paix de l'aube ; la nature retenait son souffle.

Avec sa structure métallique octogonale, dure, la plate-forme d'atterrissage impériale était comme une insulte à la verdoyante beauté du lieu. Les multiples atterrissages et décollages avaient noirci les buissons avoisinants, les piétinements et les gaz d'échappement, anémié la flore, transformant les alentours en une gigantesque décharge.

Sur la plate-forme, les hommes en uniforme allaient et venaient — chargeant, déchargeant, surveillant. Les quadripodes impériaux étaient parqués d'un même côté du spatioport — gigantesques véhicules de métal, redoutables machines de guerre à quatre pattes articulées, capables d'accueillir dans leurs flancs tout un bataillon et de cracher la mort dans toutes les directions.

Avec un rugissement à ébranler les arbres, une navette décolla à destination de l'Etoile Noire, tandis qu'un quadripode émergeait du couvert, sa patrouille terminée.

Debout à la rambarde du quai de chargement, Dark Vador regardait approcher le mastodonte. Bientôt ! rythmaient dans sa tête les pas lourds du quadripode. Oui, bientôt. Son destin approchait. La menace était là ; il la sentait. Une menace excitante, tonifiante, qui aiguisait ses sens, exacerbait ses passions. Elle venait à lui.

La victoire était proche.

Par vagues, une autre sensation, diffuse, venait se surimposer dans l'esprit du Seigneur Noir aux images de victoire, brouillant sa vision de l'avenir. Une sensation indéfinissable, un spectre surgi du passé et qui s'enfuyait à peine cherchait-il à l'identifier.

Bientôt, très bientôt, reprit la mélopée du quadripode.

La machine géante s'immobilisa au bord du quai et

dégorgea son contingent de troupes en tuniques noires. Les hommes se regroupèrent en cercle autour du quadripode et avancèrent en direction de Vador. Sur un ordre du capitaine, la formation fit halte et le cercle se désintégra, révélant en son centre une silhouette, elle aussi en tunique noire, mais maintenue par des liens solides. C'était Luke Skywalker.

Le jeune Jedi leva sur Vador un regard calme qui voyait au-delà des apparences.

— Voici un Rebelle qui s'est rendu à nous, Seigneur Vador, déclara le capitaine. Bien qu'il le nie, je pense qu'il a des complices. Je demande à Votre Seigneurie l'autorisation d'organiser les recherches sur une plus grande échelle.

Il tendit la main qui tenait l'épée de Luke.

— Comme arme, il n'avait que ceci.

Vador regarda silencieusement le sabrolaser puis, lentement, le retira des mains du capitaine.

— Laissez-nous, maintenant. Poursuivez vos recherches et amenez-moi ses complices.

L'officier et ses troupes se retirèrent, laissant Luke et Vador face à face dans la tranquillité émeraude de la forêt sans âge. La brume commençait à se dissoudre. Une longue journée s'annonçait.

7

— Ainsi, gronda la voix du Seigneur Noir, tu es venu à moi.

— Et vous à moi.

— L'Empereur t'attend. Il compte que tu embrasses la face obscure.

— Je sais... père.

Luke avait dû lutter pour prononcer le dernier mot. Maintenant, il se sentait plus fort d'y être parvenu.

— Je vois que tu as fini par accepter la vérité, exulta Vador.

— J'ai accepté l'idée que vous avez été autrefois Anakin Skywalker, mon père.

— Ce nom ne signifie plus rien pour moi.

C'était le nom d'une autre vie, d'un autre univers. Se pouvait-il qu'il ait été cet autre ?

— C'est le nom de votre être véritable, répondit calmement Luke en soutenant le regard du masque noir. Vous l'avez seulement oublié. Je sais qu'il y a du bon en vous. Que l'Empereur n'a pas tout arraché.

Il modula sa voix pour formuler la réalité potentielle aux dimensions de sa foi.

— C'est pourquoi vous ne pourrez pas me détruire. C'est pourquoi vous ne me livrerez pas à votre Empereur.

Vador regardait le glaive de lumière que lui avait remis l'officier : l'épée de Luke. Ainsi, le gamin était devenu un Jedi à part entière, un adulte.

— Tu en as fabriqué un autre, constata Vador.

— Celui-ci est le mien, répondit Luke. Je n'utilise plus le vôtre.

Vador activa la lame, tendit l'oreille à son bourdonnement, apprécia son éclat.

— Tes talents se sont épanouis. En vérité, tu es devenu aussi puissant que l'avait prévu l'Empereur.

Ils demeurèrent quelques instants face à face, à regarder les étincelles crépiter le long du tranchant de l'épée, comme surchargées par l'énergie qui palpitait entre les deux guerriers.

— Rejoins-moi, père.

Vador secoua la tête.

— Ben pensait comme toi...

— Ne reporte pas sur Ben la responsabilité de ta chute.

Luke fit un pas en avant, s'arrêta. Vador n'avait pas bougé.

— Tu ne connais pas la puissance de la face obscure. Je dois obéir à mon maître.

— Je ne me laisserai pas pervertir. Tu seras forcé de m'anéantir.

— Si tel est ton destin...

Vador ne souhaitait pas avoir à le faire, mais s'il le fallait, il anéantirait son fils. Il n'avait plus les moyens de tergiverser comme il l'avait fait une première fois.

— Rentre en toi-même, père, et vois ce qui est au plus profond de toi. Tu es incapable de faire ce que tu prétends. Je sens le conflit qui t'agite. Libère-toi de ta haine.

Mais Vador ne haïssait personne. Il était au-delà de la haine.

— Quelqu'un t'a mis de folles idées en tête, jeune

Jedi. L'Empereur saura te faire découvrir la véritable nature de la Force. Il est ton maître, désormais.

Vador désactiva l'épée de Luke et adressa un signe à l'escouade de soldats postés à quelque distance. Puis il se retourna vers Luke et, avant que les gardes les aient rejoints :

— Il est trop tard pour moi, fils, déclara-t-il.

— En ce cas, mon père est définitivement mort, répondit Luke.

Désormais, plus rien ne devait l'empêcher de tuer l'étranger qu'il avait devant lui.

Peut-être...

La vaste flotte rebelle était stationnée dans l'espace, prête à lancer son attaque. Des centaines d'années-lumière la séparaient de l'Etoile Noire, mais l'hyperespace abolit les notions de temps et de distance et l'efficacité d'un assaut ne s'y mesure qu'en termes de précision.

Les vaisseaux étaient en train de se placer en formation, reproduisant les facettes d'un diamant. Le Haut Commandement rebelle avait choisi comme point stationnaire — du moins stationnaire par rapport au point de rentrée dans l'espace normal — une petite planète bleue du système de Sullust, et c'est autour de son ciel céruléen que l'armada était en train de se former.

Le *Faucon Millennium* acheva son tour d'inspection et vint prendre sa place sous le vaisseau amiral. Le moment était venu.

Lando était aux commandes du *Faucon*. A ses côtés, son copilote, Nien Nunb — une créature jouffue aux petits yeux de souris, originaire de Sullust —, abaissa une série de manettes, enclencha l'ordinateur de vol et effectua les derniers préparatifs en vue du saut dans l'hyperespace.

Lando achevait de régler le transpondeur sur la fréquence réservée. Une partie de titans s'apprêtait : gros enjeux, adversaires coriaces... Une partie comme il les aimait. La bouche sèche, il émit son dernier rapport à l'intention d'Ackbar.

— Sommes en position, Amiral. Tous les chasseurs à l'appel.

— Commencez le compte à rebours, crachota dans son casque la voix d'Ackbar. A tous les groupes : coordonnées d'attaque.

Lando se tourna en souriant vers son copilote.

— T'as pas à t'en faire, vieux. Mes copains sont là-bas et vont nous faire sauter ce bouclier comme il faut...

« ... ou ça va être la plus courte offensive de tous les temps », ajouta-t-il à voix basse.

— Gzhung Zhgodio, commenta le copilote.

— D'accord, grogna Lando. Tiens-toi prêt, on va y aller.

Il tapota le tableau de bord pour se porter chance. Un bon joueur fait sa chance lui-même, évidemment, mais pour cette fois, sa chance à lui, Lando, c'était le boulot qu'avait fait Yan sur le vaisseau pour en faire ce petit bijou. Et Yan ne l'avait jamais laissé tomber. Enfin, juste une fois, il y avait bien longtemps de ça, dans un autre système solaire, loin, très loin...

Cette fois, c'était différent. Cette fois, ils allaient rebaptiser la chance et l'appeler Lando.

Lando sourit, et donna une seconde tape au tableau de bord pour faire bon poids.

Sur le pont du vaisseau amiral, Ackbar regarda ses généraux les uns après les autres : tout était prêt.

— Tous les groupes sont en coordonnées d'attaque ? demanda-t-il tout en sachant la question inutile.

— Affirmatif, Amiral.

Ackbar s'accorda un ultime moment de méditation, face au champ d'étoiles qui envahissait le hublot panoramique, puis sa tête s'abaissa vers le transpondeur.

— A tous les appareils : saut dans l'hyperespace à mon signal. Que la Force soit avec nous.

Il tendit la main vers le bouton commandant le signal.

Dans le *Faucon,* Lando contemplait lui aussi l'océan galactique, l'esprit agité d'un sombre pressentiment. Ils s'apprêtaient à tenter ce qu'aucune guérilla ne devait jamais tenter : battre une armée traditionnelle sur son propre terrain. Tant qu'elle n'avait en face d'elle que des foyers de harcèlement fluides et insaisissables, l'armée impériale était démunie. Aujourd'hui, l'Alliance se risquait à découvert ; elle allait devoir se battre selon les règles de l'ennemi. Si elle perdait cette bataille, elle perdait la guerre.

Soudain, le signal lumineux rougeoya sur le tableau de bord. Le signal de l'attaque. Lando ramena en arrière le levier de conversion et mit les gaz. De l'autre côté du pare-brise, les points lumineux se changèrent en pointillés, puis en lignes continues, tandis que la flotte luttait de vitesse avec les photons...

La flotte disparut dans l'hyperespace, rendant la planète de cristal bleu à sa paix et à son oubli.

*
**

Le groupe d'assaut était allongé à l'abri d'une crête boisée, Leia occupée à évaluer les défenses de l'avant-poste impérial sur un petit sondeur électronique. Plusieurs Ewoks — dont Wicket, Paploo, Teebo et Warwick — s'étaient mêlés aux membres du commando, le gros des troupes restant en arrière, derrière le tertre.

Sur l'aire d'atterrissage impérial, on était en train de

décharger deux navettes. Plusieurs quadripodes TB-TT étaient parqués à proximité. Des hommes de troupe montaient la garde aux points stratégiques, d'autres surveillaient le transbordement du matériel. En fond sonore, le bourdonnement entêtant de l'énorme bouclier déflecteur.

Leia rangea le sondeur et rejoignit les autres à reculons.

— L'entrée est située de l'autre côté de cette plateforme. Ça ne va pas être facile.

— Ahrck grah rahr hrowrowhr, acquiesça Chewbacca.

Yan adressa à son compère un coup d'œil peiné.

— Dis donc, espèce de dégonflé! On s'est fait des machins autrement mieux gardés que ça.

— Frowh rahrahrahff wraugh?

Yan s'accorda une seconde de réflexion.

— Les coffres de Gargon, pour commencer.

Râle dubitatif de Chewie.

— Parfaitement, insista Yan. Si seulement j'arrivais à me rappeler comment j'ai fait...

Il se gratta la tête, fouillant dans sa mémoire.

Les piaulement de Paploo mirent fin à ses recherches. L'éclaireur désignait quelque chose de la main.

— Qu'est-ce qu'il dit, 6PO? interrogea Leia.

Le droïd doré échangea avec Paploo quelques courtes phrases.

— Apparemment, traduisit-il ensuite, d'après les souvenirs de Paploo, il semble que l'installation comporte une entrée de service.

Yan sursauta.

— Une entrée de service, c'est ça! C'est comme ça qu'on les a eus, les coffres!

*
**

Quatre éclaireurs impériaux montaient la garde à l'entrée du bunker à demi enterré qui interdisait l'accès du générateur. Leurs moto-speeders étaient garés à proximité.

A la limite du couvert, le commando se tenait prêt.

— Grrr, rowf rrhl brhnnnh, observa Chewbacca.

— Tu as raison, Chewie, acquiesça Solo. S'il n'y a que ces quatre-là, ça devrait poser encore moins de problèmes que de tordre le cou à un bantha.

— Il suffit d'un pour donner l'alerte, fit remarquer Leia.

Yan produisit son agaçant sourire de pirate.

— On va y aller en douceur. Si Luke se débrouille pour qu'on n'ait pas Vador sur les reins, comme tu as dit qu'il avait dit qu'il le ferait, on devrait réussir les doigts dans le nez. Il suffit de descendre ces quatre-là, vite et sans bruit.

A voix basse, 6PO expliqua à Teebo et Paploo la situation et l'objectif. Les Ewoks conférèrent entre eux quelques instants, après quoi Paploo se redressa et fila vers l'arrière.

Leia jeta un coup d'œil à l'instrument fixé à son poignet.

— On va être à court de temps. A l'heure qu'il est, la flotte est déjà dans l'hyperespace.

6PO murmura une question à Teebo et reçut une courte réponse.

— Oh, misère !... geignit-il en commençant à se redresser.

— A terre ! jappa Solo.

— Qu'est-ce qui se passe, 6PO ? interrogea Leia.

— J'ai peur que notre petit compagnon à poils ne soit allé commettre une folie.

— Mais de quoi parles-tu ? s'énerva Leia, brusquement inquiète.

— Oh, non ! Regardez.

Paploo s'était faufilé à travers les buissons jusqu'à l'endroit où étaient parqués les moto-speeders. Les yeux agrandis par l'horreur de l'inéluctable, les Rebelles virent la petite boule de poils s'élancer sur les véhicules et entreprendre d'actionner au hasard les commutateurs. Avant que quiconque ait rien pu tenter, les moteurs des engins s'éveillèrent dans un rugissement assourdissant, faisant pivoter ensemble les quatre têtes des gardes. Paploo continuait à tripoter des boutons.

Atterrée, Leia se prit la tête entre les mains.

— Oh, non, non non !

— Autant pour notre attaque surprise, soupira Yan.

Les éclaireurs impériaux se précipitèrent pour voir Paploo enclencher la marche avant et filer à travers bois. Les petites pattes du Ewok avaient bien du mal à se cramponner au guidon du véhicule qui tanguait dangereusement. Trois des gardes enfourchèrent les engins restants et se lancèrent à la poursuite de l'ourson, ne laissant que le dernier pour assurer la garde du bunker.

Quand Leia releva la tête, une incrédulité ravie se peignit sur son visage.

— Pas mal pour un ours en peluche, apprécia Yan.

Il adressa un signe de tête à Chewie et tous deux entreprirent de se glisser vers le bunker.

Pendant ce temps, Paploo slalomait comme il le pouvait entre les arbres, à une vitesse relativement faible eu égard aux possibilités de l'engin, mais qui, pour un Ewok, tenait du rêve éveillé. Paploo était littéralement ivre de vitesse. Il était en train de vivre une aventure terrifiante mais combien excitante ! De quoi raconter jusqu'au restant de ses jours ! Et ses enfants la raconteraient à leurs enfants et aux enfants de leurs enfants... jusqu'à la septième génération.

En attendant, les éclaireurs impériaux arrivaient déjà en vue. Quand ils commencèrent à décharger leurs lasers sur lui, Paploo décida que la fête avait, en fin de compte, assez duré. A l'arbre suivant et profitant de ce qu'il était hors de vue de ses poursuivants, il attrapa au vol une liane et disparut dans l'épaisseur du feuillage. Moins de dix secondes plus tard, il saluait à grands renforts de gloussements ravis le passage des trois éclaireurs, lancés en plein régime sur les traces du moto-speeder qui poursuivait sa course aveugle.

Les choses n'allaient guère mieux pour le dernier gardien. Proprement assommé par Chewie, il avait été dépouillé de son uniforme, ligoté, et deux membres du commando étaient en train de le transporter sous les arbres, tandis que le reste de l'escouade se regroupait en demi-cercle autour de l'entrée.

Yan compara le code dérobé par leurs espions avec les signes figurant sur les touches du cadran de commande, composa rapidement un numéro. Silencieusement, la porte s'ouvrit.

Leia risqua un coup d'œil à l'intérieur. Pas le moindre signe de vie. D'un geste, elle fit signe aux autres de la suivre et pénétra dans le bunker, Yan et Chewie sur ses talons. Bientôt, tout le groupe fut à l'intérieur du corridor de métal faiblement éclairé, à l'exception d'un homme qui, revêtu de l'uniforme du garde, restait en arrière pour faire le guet. Yan poussa une série de touches sur le cadran intérieur et la porte se referma derrière eux. Tout en progressant furtivement le long du couloir, Leia eut une brève pensée pour Luke. Elle fit des vœux pour qu'il puisse retenir Vador, au moins le temps pour eux de faire sauter le générateur ; mais, contradictoirement, une autre part d'elle-même souhaitait qu'il parvienne à éviter la confrontation avec le Seigneur Noir, tant elle craignait que Vador ne soit le plus fort.

*
**

La navette de Vador se posa à l'intérieur de la soute d'arrimage de l'Etoile Noire — noir charognard dépourvu d'ailes, insecte de cauchemar. Luke et le Seigneur Noir émergèrent du bec du rapace, suivis par une petite escorte de soldats impériaux, et traversèrent rapidement la caverne de métal en direction de l'ascenseur personnel de l'Empereur.

Luke était en proie aux tourments de l'incertitude. D'ici quelques instants, il allait devoir affronter l'Empereur, livrer *sa* bataille. Que devait-il faire ?... Que devait-il ne pas faire ?...

Un vent violent soufflait dans son crâne, l'emplissant de bruit et de fureur. Il aurait voulu que le déflecteur soit déjà désactivé, que l'Etoile Noire soit détruite, à l'instant même, alors qu'ils s'y trouvaient tous les trois — lui, Vador et l'Empereur —, alors que rien, encore, ne s'était passé. Il avait peur ; peur de ce qui *allait* se passer. En admettant qu'il tue l'Empereur, que devrait-il faire ensuite ? Affronter Vador ? Quelle serait l'attitude de son père ? Et qu'adviendrait-il si lui, Luke, défiait son père et... le détruisait ? Détruire Vador... et ensuite ?

Et ensuite ! Cette pensée exerçait sur Luke une attraction-répulsion vertigineuse. Pour la première fois il se vit, dans un brouillard fuligineux, devant le cadavre de son père, l'emblème de son pouvoir flamboyant dans sa main... assis à la droite de l'Empereur.

Il serra les paupières pour repousser cette vision cauchemardesque, mais une sueur glacée perlait à son front, comme si la mort l'avait frôlé de son aile.

Les portes de l'ascenseur s'ouvrirent. Luke et Vador pénétrèrent seuls dans la salle du trône. Côte à côte ils s'avancèrent, le père et le fils, tous deux vêtus de noir, l'un masqué, l'autre à découvert, à la rencontre du regard maléfique de l'Empereur.

Vador s'inclina profondément devant son maître, mais l'Empereur n'avait d'yeux que pour Luke.

— Sois le bienvenu, jeune Skywalker, déclara-t-il avec un léger sourire. Je t'attendais.

Le défi dans les yeux, Luke soutint sans faiblir le regard d'airain posé sur lui. Le sourire de l'Empereur s'adoucit en une grimace mi-condescendante mi-compréhensive de père face aux bravades d'un fils.

— Tu n'as plus besoin de cela, ajouta-t-il, bon prince.

Dans le même temps, ses doigts exécutaient un petit mouvement en direction des poignets de Luke et les menottes tombèrent sur le sol en cliquetant.

Luke baissa les yeux sur ses mains désormais libres — libres de serrer la gorge de l'Empereur jusqu'à l'étouffer...

L'Empereur paraissait animé à son égard d'intentions pacifiques puisqu'il l'avait libéré, mais Luke savait ce qui se cachait sous ces apparences. Pourtant, il hésitait à passer à l'attaque. L'agression était une des constituantes de la face obscure. Devait-il l'éviter à tout prix ? Ou, au contraire, saurait-il l'utiliser judicieusement et la rejeter ensuite ? Il fixait ses mains libres... libres de choisir, mais qui ne parvenaient pas à choisir. Le choix : cette épée à double tranchant ! Il pouvait tuer l'Empereur, il pouvait succomber aux arguments de l'Empereur. Il pouvait tuer Vador... après quoi il pouvait même devenir un Vador. Encore ce sinistre possible qui venait le narguer !... Luke le rejeta au plus profond de son cerveau.

Devant lui, l'Empereur continuait à sourire. Le moment était lourd de possibilités.

Le moment passa. Luke n'avait rien tenté. L'Empereur enregistra sans changement apparent d'humeur l'issue de ce premier combat.

— Dis-moi, jeune Skywalker, déclara-t-il, qui s'est occupé jusqu'ici de ta formation ?

Luke garda le silence. Il ne dévoilerait rien.

— Oh ! je sais qu'au début il s'est agi de Obi-Wan Kenobi...

Ses lèvres se retroussèrent en un ricanement de loup.

— ... et nous connaissons bien le talent dont faisait preuve Obi-Wan pour former un Jedi.

D'un hochement de tête courtois, il désignait Vador, le premier élève de Obi-Wan. Vador n'esquissa pas un signe, ne prononça pas une parole.

Tout en sachant que, dans la bouche du tortueux tyran, il s'agissait d'une sorte de compliment, Luke se tendit sous l'insulte faite à Ben. Il était d'autant plus en colère que l'Empereur avait en partie raison. Il tenta néanmoins de contenir sa fureur, ne fût-ce que parce qu'elle paraissait divertir le dictateur.

Palpatine n'avait rien perdu des émotions qui s'affichaient sur le visage de Luke. Il eut un petit rire.

— Ainsi, il semblerait que tu aies tout d'abord suivi les traces de ton père. Mais hélas, Obi-Wan est mort, à ce que je crois savoir ; son ancien disciple, ici présent, a fait ce qu'il fallait pour cela — il désigna à nouveau Vador de la main. En ce cas, jeune Skywalker, qui a poursuivi ta formation ?

A nouveau ce sourire, tranchant comme un rasoir ! Luke persista à se taire.

L'Empereur se mit à tapoter l'accoudoir de son siège du bout des doigts.

— Il y avait un certain... Yoda. Un très vieux maître Jed... Ah ! Je vois à ton visage que j'ai touché la corde sensible. C'est donc Yoda.

La colère de Luke s'était retournée contre ce lui-même qui venait de se montrer incapable de conserver caché ce qu'il ne voulait pas révéler. Il fallait absolument qu'il retrouve son assurance, qu'il voie tout sans rien laisser paraître.

— Ce Yoda, musa l'Empereur. Vit-il encore ?

Luke se concentra sur le vide de l'espace qu'il apercevait au-delà du hublot situé derrière l'Empereur. Le vide, le néant. Rien. Il emplit son esprit de ce rien opaque, traversé seulement de quelques scintillements d'étoiles.

— Ah ! s'écria l'Empereur, il n'est plus en vie. Mes compliments, jeune Skywalker, tu as failli parvenir à me cacher cette information. Mais tu n'y es pas parvenu. Tu n'y parviens toujours pas. J'ai accès au moindre repli de ton esprit. Considère cela comme ma première leçon.

Luke sentit son esprit plonger au fond de l'abîme. Et au fond de cet abîme même, il trouva la Force. Ç'avait été une des importantes leçons de Ben et de Yoda : quand tu es attaqué, ploie. Laisse la puissance de ton agresseur souffler sur toi comme la rafale sur les roseaux. Il finira par s'épuiser de lui-même et alors, tu te redresseras.

L'Empereur scruta intensément le visage de Luke.

— Je suis persuadé que Yoda t'a appris à utiliser la Force avec talent.

Le sarcasme obtint sur Luke l'effet recherché : son visage rougit, ses muscles se crispèrent. Le jeune homme vit l'Empereur se passer la langue sur les lèvres et rire. Du fond de sa gorge, du fond de son âme boueuse.

Mais Luke avait vu aussi autre chose au fond de l'Empereur. Quelque chose qu'il ne s'attendait pas à y découvrir : la peur. La peur de ce pouvoir qu'un jeune homme pouvait retourner contre l'Empereur — tou comme Vador avait retourné le sien contre Obi-Wan.

A cet instant, Luke sut que les chances venaient de se rééquilibrer un peu. Il avait soulevé le voile. Il se redressa de toute sa taille, son calme retrouvé, son regard plongeant droit sur l'emplacement où se trouvait le visage du tyran — visage qui se cachait dans l'ombre d'une vaste capuche.

Palpatine lui rendit son regard. Pendant plusieurs secondes, il ne dit rien. Il pesait les potentialités du jeune Jedi.

Enfin il se rejeta en arrière, apparemment satisfait de cette première confrontation.

— J'ai hâte de compléter ta formation, jeune Skywalker, déclara-t-il. Le moment venu, c'est moi que tu appelleras « Maître ».

Luke se sentait maintenant suffisamment assuré pour parler.

— Vous vous trompez lourdement. Vous ne me renverserez pas comme vous l'avez fait de mon père.

— Non, mon jeune Jedi, gloussa l'Empereur en se penchant en avant. C'est *toi* qui te trompes... sur un grand nombre de points.

Brusquement, Palpatine se redressa, descendit de son trône et vint planter son regard venimeux dans les yeux de Luke. Et Luke vit ce que la capuche lui avait caché jusque-là : les yeux, creusés comme des tombes ; la chair décomposée, sous la peau labourée par les tempêtes de la passion exacerbée ; le sourire de cadavre.

Vador tendit vers l'Empereur la main gantée qui tenait l'épée de Luke. L'Empereur s'en saisit avec une sorte de jubilation, puis se retourna vers le vaste hublot. L'Etoile Noire avait légèrement progressé sur son orbite, laissant découvrir, au bord de la baie circulaire, la forme de la lune verte.

Le regard de Palpatine alla d'Endor à l'épée qu'il tenait en main.

— Ah ! oui, une arme Jedi. Très semblable à celle de ton père.

Il pivota pour faire face à Luke.

— Tu sais maintenant que ton père ne changera plus. C'est donc toi qui changeras.

— Jamais. Bientôt je mourrai, vous avec moi.

Luke était de plus en plus confiant en lui. Il pouvait s'accorder le luxe d'une provocation directe.

L'Empereur éclata de son rire aigre.

— Tu fais probablement allusion à l'attaque imminente de ta flotte rebelle. En ce cas, laisse-moi te dire que nous ne risquons absolument rien de tes amis.

Ainsi, il était au courant. Luke chancela sous le choc, mais se reprit aussitôt.

— Votre excès de confiance en vous causera votre perte, déclara-t-il.

— Et ta foi en tes amis, la tienne.

L'Empereur amorça un sourire qui se mua en grimace de colère.

— Dis-toi bien que tout ce qui a transpiré l'a fait par *ma* volonté. Tes amis, là-haut, sur Endor, marchent tout droit vers un piège. De même pour ta flotte Rebelle !

Luke ne put empêcher les muscles de son visage de se crisper. L'Empereur s'engouffra dans la brèche.

— C'est *moi* qui ai permis que votre Alliance connaisse les coordonnées du générateur de champ et celui-ci ne risque rien de votre pitoyable petite bande. Une légion entière de mes troupes les attend là-bas.

Luke vit Vador faire un pas en avant pour se placer aux côtés de l'Empereur. Désormais, il était seul. Il ne pouvait compter sur personne que lui-même alors que l'ennemi, face à lui, poussait son harcèlement.

— J'ai peur que le déflecteur ne soit parfaitement opérationnel à l'arrivée de ta flotte, ricana l'Empereur. Et ce n'est que le début de ma petite surprise... Mais laissons. Je ne veux pas te priver de l'émotion de la découverte.

Luke sentait les défaites s'amonceler sur lui. Combien pourrait-il en supporter encore sans se briser ? Avec une lenteur extrême, sa main se leva en direction de son épée dont l'Empereur paraissait avoir oublié la présence.

L'Empereur poursuivit :

— D'ici même, jeune Skywalker, vous assisterez à la destruction finale de l'Alliance. Et à la fin de votre insignifiante rébellion.

Luke était à la torture. Il avisa les regards de Palpatine et de Vador convergeant tous deux vers sa main en train de se lever. Il la rabaissa, rabaissa le niveau de sa colère. Il fallait à tout prix qu'il retrouve sa maîtrise s'il voulait conserver une chance de découvrir ce qu'il devait faire.

L'Empereur lui offrit l'épée avec un mince sourire.

— C'est cela que vous voulez, n'est-ce pas ? Très bien, prenez-la. La haine bouillonne en vous et c'est une excellente chose. Prenez votre arme Jedi et servez-vous-en. Je ne suis pas armé. Frappez-moi, laissez-vous aller à votre fureur. A chaque instant qui passe, vous vous faites un peu plus mon esclave.

— Jamais.

Luke cherchait désespérément un espoir auquel se raccrocher. Personne n'est infaillible, lui avait appris Ben. L'Empereur ne pouvait pas tout voir, connaître tous les futurs, déformer toutes les réalités. Quelque part en lui, il devait y avoir une faille. Ben, Yoda... Ils étaient désormais intégrés à la Force, faisaient partie de l'énergie qui la modelait. Ils seraient toujours à ses côtés, avait affirmé Ben. Se pouvait-il qu'en ce moment même leur présence obscurcisse la vision de l'Empereur ?... « Ben, appela silencieusement Luke, si jamais j'ai eu besoin de tes conseils, c'est bien en cet instant. Comment puis-je sauver notre cause sans me perdre ? »

L'Empereur se pencha, déposa l'épée sur le siège, à portée de main de Luke.

— C'est inéluctable, dit-il comme en réponse. C'est votre destinée. Vous, comme votre père, êtes désormais... à moi.

Le commando progressait à travers le labyrinthe de couloirs en direction de la salle qui, d'après le plan volé, abritait le générateur. Une lumière jaune tombait des poutrelles, projetant à chaque intersection des ombres suspectes qui faisaient s'immobiliser provisoirement la petite colonne.

A la quatrième intersection, il fut rapidement évident qu'il ne s'agissait pas, cette fois, d'une fausse alerte. Six gardes impériaux étaient postés dans le couloir perpendiculaire, montant une garde vigilante. Yan et Leia échangèrent un regard entendu : la bataille était inévitable.

Blaster au poing, le commando se rua en avant. Leia avait un peu compté sur l'effet de surprise, mais elle dut déchanter en voyant les gardes se jeter à terre et répondre instantanément à leurs coups. Un véritable tir de barrage se déclencha, les décharges répondant aux décharges, ricochant aveuglément du sol aux longerons de la charpente. Deux gardes impériaux tombèrent. Un troisième, désarmé, fila se réfugier derrière une console de réfrigération.

Abrités derrière une porte pare-feu, deux soldats impériaux mitraillaient systématiquement chaque membre du commando qui se risquait à découvert. Quatre d'entre eux tombèrent successivement en tentant de traverser la zone exposée. La situation était critique : derrière leur bouclier à l'épreuve des rayons, les deux hommes occupaient une position virtuellement imprenable.

Mais pour un Wookie, le *virtuellement* faisait la différence. Chewbacca se rua en avant. Empoignant la porte entre ses énormes pattes, il la délogea carrément de ses gonds et l'abattit sur les deux gardes. Ils ne bougèrent plus.

Leia atteignit le sixième soldat au moment où il visait Chewie. Se voyant seul, l'homme réfugié derrière le système de réfrigération jaillit de sa cachette pour aller chercher de l'aide. En quelques enjambées, Chewbacca l'eut rejoint. D'une simple claque, il l'assomma pour le compte. La voie était libre.

Les Rebelles se relevèrent et firent rapidement

l'inventaire des pertes. Quatre blessés. Cela aurait pu être pire. Mais l'engagement avait été bruyant et il fallait faire vite avant que l'alarme générale ne soit donnée. Il n'y aurait pas de seconde chance.

***

La flotte rebelle jaillit de l'hyperespace, bataillon après bataillon, au milieu des scintillants traits de lumière. Elle se reforma et bientôt — le *Faucon Millennium* en tête — s'ébranla en direction de l'Etoile Noire et de sa lune.

Depuis la rentrée dans l'espace normal, une anomalie tracassait Lando. Il vérifia à plusieurs reprises les indications des écrans de polarité, interrogea l'ordinateur...

— Zhng ahzi gnognohzh dzhy lyzh! annonça le copilote, perplexe.

— Mais c'est pas possible! s'énerva Lando. On devrait au moins voir s'afficher les paramètres du bouclier.

Nien Nunb secoua la tête en désignant l'un des indicateurs du tableau de bord.

— Dzhmbd.

— Un brouillage? Mais comment peuvent-ils nous brouiller alors qu'ils ne sont pas censés savoir que nous... arrivons.

Il adressa une grimace de rage à l'Etoile Noire. Si surprise il y avait, elle était pour eux. Ils fonçaient se jeter tout droit dans la toile de l'araignée. Le doigt du pilote vola sur le contacteur du transporteur.

— Ordre à toutes les escadrilles! rompez! Le bouclier est toujours en place.

— Tu es sûr? rugit dans ses écouteurs la voix du Leader Rouge. Mes écrans sont vides.

— Rompez! répéta Lando. A gauche toute!

Il vira violemment sur l'aile, les chasseurs de l'Aile Rouge à sa suite.

Certains ne réagirent pas assez vite. Trois chasseurs heurtèrent le bouclier invisible qui les renvoya tournoyer follement dans l'espace. Trois gerbes de flammes saluèrent l'explosion des appareils.

Sur le pont du croiseur amiral rebelle, les sirènes hurlaient, les signaux d'alarme clignotaient furieusement, tandis que l'énorme vaisseau luttait contre son inertie pour infléchir sa trajectoire avant la collision avec le déflecteur. Dans les coursives, les officiers allaient et venaient au pas de course des postes de combat à la salle de contrôle. Autour du croiseur, la formation se dispersait dans toutes les directions...

Dans le transpondeur, la voix de l'amiral Ackbar était pressante mais calme.

— A tous les appareils : dislocation immédiate! Groupe Vert, faites route vers le secteur ZX-20. Groupe Bleu...

— Amiral! appela fiévreusement l'un des contrôleurs calamariens. Vaisseaux ennemis dans les secteurs RT-23 et PB-4.

Ackbar leva les yeux vers le vaste écran central. La flotte impériale, en formation d'attaque, était en train d'émerger de derrière Endor, en deux vagues lancées en direction des Rebelles comme les pinces de quelque redoutable scorpion. A l'avant, le bouclier bloquait toujours l'Alliance. Ils étaient coincés.

— C'est un piège, lança désespérément Ackbar dans le transpondeur. Préparez-vous à l'attaque!

Le récepteur lui renvoya la voix d'un pilote anonyme.

— Les chasseurs arrivent! On y va!

L'attaque se déclencha. Les chasseurs Tie — plus rapides que les croiseurs — furent les premiers à rejoindre les envahisseurs rebelles. Les duels s'engagèrent, féroces, et bientôt le ciel noir s'emplit des lueurs pourpres des explosions.

Un officier d'ordonnance s'approcha de l'amiral Ackbar.

— Nous avons renforcé le bouclier avant, Amiral.
— Bien. Doublez la puissance de la batterie principale, et...

A ce moment, un engin thermonucléaire explosa à proximité et le croiseur amiral se cabra sous l'onde de choc.

— Le Groupe Doré est durement touché, cria un autre officier en se précipitant dans le poste.
— Couvrez-le! ordonna Ackbar. Nous devons à tout prix gagner du temps!

De nouveau, il se pencha vers le transpondeur.

— Ordre à tous les vaisseaux de rester sur les positions actuelles et d'attendre mes ordres.

Lando et ses escadrilles étaient déjà bien trop à l'avant du gros des forces pour exécuter cet ordre. Ils ne pouvaient que continuer à foncer droit à la rencontre de la flotte impériale.

Wedge, le compagnon de Luke lors de la première campagne, commandait les chasseurs X qui escortaient le *Faucon*.

— Voilure en position d'attaque! ordonna sa voix calme dans l'émetteur.

Les ailes des chasseurs se replièrent en position de vol rapide.

— Toutes les escadrilles au rapport, appela Lando.
— Leader Rouge présent, répondit Wedge.
— Leader Vert présent.
— Leader Bleu présent.
— Leader Gris...

La transmission fut interrompue par une gerbe de lumière aveuglante qui désintégra complètement l'Aile Grise.

— Ils arrivent, commenta Wedge.

— Vitesse maximale, commanda Lando. Il faut détourner le feu de nos croiseurs le plus longtemps possible.

— Compris, Leader Doré, répondit Wedge. Nous dirigeons vers les coordonnées zéro virgule quatre.

— Deux appareils à une heure, lança une voix.

— Je les vois — c'était Wedge. Virez à gauche, je prends le leader.

— Fais attention à toi, Wedge. Il y en a trois au-dessus.

— Vus, je...

— Je les prends, Leader Rouge.

— Ils sont trop nombreux...

— Tu es trop exposé, vire, mais vire donc !

— Rouge Quatre, attention !

— Je suis touché !

Le chasseur X partit en vrille, ajoutant un astre éphémère au champ d'étoiles.

— Tu en as eu un, Wedge ! cria Rouge Six.

— Mon écran est négatif, où est-il ?

— Rouge Six. Une escadrille de chasseurs a réussi à s'infiltrer...

— Ils en ont après la frégate sanitaire. Il faut y aller !

— D'accord, allez-y, acquiesça Lando. Moi, je continue. Il y en a quatre à zéro virgule cinq. Couvrez-moi !

— On vous colle au train, Leader Doré. Rouge Deux et Rouge Trois : coordonnées zéro virgule cinq.

— Tenez bon, là derrière.

— Resserrez la formation, Aile Bleue.

— Beau coup, Rouge Deux.

— Pas mal, apprécia Lando. Je me charge des trois autres...

Calrissian cabra le *Faucon* et les canons lourds se mirent à cracher leurs éclairs. Deux coups directs. Au troisième, le chasseur Tie fit une embardée qui le projeta tout droit dans un appareil de sa propre formation. Les chasseurs Tie emplissaient littéralement le ciel mais, heureusement, le *Faucon* était de moitié plus rapide que tout ce qui était capable de voler.

En l'espace de quelques minutes, le champ de bataille s'était mué en une intense lueur rouge, pointillée de volutes de fumée, de bolides en flammes, de jaillissements d'étincelles et de débris tournoyants. Un spectacle lugubre et hallucinant, qui ne faisait, hélas, que commencer.

De sa voix gutturale, Nien Nunb adressa une remarque à Lando.

— Tu as raison, répondit le pilote avec un froncement de sourcils. Ils n'ont jeté dans la bataille que leurs chasseurs. Qu'est-ce que ces destroyers peuvent bien attendre ?

Une seule interprétation possible : l'Empereur gardait un atout dans sa manche !

Une seconde escadrille de chasseurs Tie passait à l'attaque et le copilote lança un avertissement pressant.

— Je les vois, répondit Lando. On peut dire qu'on est en plein dedans, maintenant.

Il jeta un rapide coup d'œil à Endor, presque provocatrice tant elle respirait la paix.

— Yan, mon vieux pote, c'est pas le moment de me laisser tomber, pria à mi-voix Lando.

Yan pressa un minuscule bouton sur l'appareil fixé à son poignet et se couvrit vivement la tête de ses bras : la porte blindée de la salle de contrôle vola en éclats et l'escouade rebelle s'engouffra dans l'ouverture béante.

A l'intérieur, les soldats impériaux n'étaient pas encore remis de leur surprise. Certains gisaient à terre, blessés au cours de l'explosion. A la vue du commando, les autres reculèrent en désordre et les Rebelles, Yan en tête, se ruèrent sur eux, arme au poing. Leia suivait juste derrière. Chewie couvrait les arrières.

Ils rassemblèrent les gardes dans un coin du bunker. Trois membres du commando furent affectés à la garde des prisonniers, trois autres à la surveillance des issues. Le reste d'entre eux commença à placer les charges explosives.

Leia s'était penchée sur les écrans de contrôle.

— Presse-toi, Yan. Regarde ! La flotte est attaquée.

Solo leva les yeux sur l'écran que lui désignait Leia.

— Par tous les trous noirs !... Avec cet écran qui fonctionne toujours, ils sont acculés le dos au mur.

— Exact, lança une voix du fond de la salle. Tout comme *vous*.

Yan et Leia pivotèrent pour découvrir des dizaines de fusils-blasters impériaux braqués sur eux. La paroi métallique qui constituait le fond de la pièce avait disparu, laissant le passage au bataillon entier de soldats qui s'était tenu jusque-là caché derrière. Avant d'avoir pu tenter quoi que ce fût, les Rebelles étaient cernés. Déjà, d'autres gardes chargeaient à travers les ouvertures.

Yan, Chewie et Leia échangèrent des regards désespérés. Ils avaient été la dernière chance de l'Alliance. Ils avaient échoué.

A quelque distance de la zone, le superdestroyer amiral de l'Empire avançait à vitesse réduite, protégé par une couverture d'appareils plus légers. Sur le pont, l'amiral Piett observait le déroulement des opérations à travers l'énorme hublot. Deux capitaines de la flotte se tenaient derrière lui, dans un silence respectueux ; eux aussi admiraient les résultats de la stratégie élaborée par leur Empereur.

— Que la flotte se maintienne sur ses positions, ordonna l'amiral Piett.

Le premier capitaine se précipita pour transmettre l'ordre. Le second fit un pas en avant et claqua des talons.

— N'allons-nous pas attaquer, Amiral ? demanda-t-il.

Piett produisit un sourire avantageux.

— Je tiens mes ordres de l'Empereur en personne. Il réserve une petite surprise à ces voyous de Rebelles.

Il marqua une pause pour permettre au capitaine de laisser libre cours à son imagination quant à ce que pouvait être la surprise en question.

— Nous ne sommes là que pour les empêcher de fuir, acheva-t-il.

*
**

De la salle du trône de l'Etoile Noire, l'Empereur, Dark Vador et Luke — avec des émotions diverses — regardaient aussi la bataille aérienne qui faisait rage.

C'était une scène de fin du monde. Les explosions silencieuses se succédaient, cristallines, auréolées de vert, de violet ou de magenta. Les mêlées furieuses s'achevaient en feux d'artifice d'acier en fusion et de débris torturés.

Luke vit avec horreur un quatrième chasseur de l'Alliance s'écraser sur le déflecteur et exploser dans un dévorant flamboiement, et un élancement lui poigna le cœur.

Vador observait Luke à la dérobée. Son fils était plus puissant, plus fort qu'il ne l'avait imaginé. Mais encore malléable. Il n'était perdu ni pour la face faible, anémiante de la Force — celle qui devait implorer pour recevoir — ni pour l'Empereur qui craignait à juste raison le jeune Jedi. Lui, Vador, pouvait encore espérer reprendre ce fils, se l'adjoindre et, avec lui, régenter la galaxie tout entière. Il lui faudrait pour cela user de patience et d'adresse, afin de rendre évidentes aux yeux de Luke les exquises satisfactions que pouvait procurer la face obscure et ensuite, l'arracher à l'emprise de l'Empereur.

Vador savait que Luke avait décelé la peur cachée au fond de l'Empereur. Il était perspicace, le jeune Luke, et habile. « Le fils de son père », sourit sombrement Vador.

Il fut tiré de sa contemplation muette par une remarque acide de l'Empereur, adressée à Luke.

— Comme vous pouvez le voir, mon jeune apprenti, le bouclier déflecteur est toujours en place. Vos amis ont échoué. Et maintenant...

Il leva au-dessus de sa tête son bras amaigri, tel un prestidigitateur sa baguette magique.

— ... Soyez le témoin de la puissance d'une station de combat entièrement armée, acheva-t-il en rabaissant le bras.

Il marcha vers le transpondeur et dans un soupir d'assouvissement :

— Feu à volonté, Commandant.

Avant d'avoir été témoin de quoi que ce fût, Luke eut le pressentiment atroce de ce qu'il allait découvrir. Un court instant, il ferma les yeux...

Dans les entrailles de l'Etoile Noire, le commandant Jerjerrod donna un ordre. Il ne le fit pas totalement de gaieté de cœur. Car si l'exécution de cet ordre signifiait la fin de l'insurrection rebelle, elle allait avoir également pour suite la fin de l'état de guerre, un état que Jerjerrod chérissait par-dessus tout. Mais au second rang dans les passions du commandant se rangeait celle de l'annihilation totale. Aussi les regrets de Jerjerrod étaient-ils tempérés par un délicieux frisson d'excitation.

Un contrôleur abaissa une manette, éveillant sur un panneau mille clignotements de voyants. Deux gardes impériaux pressèrent une série de poussoirs et, lentement, sur la face achevée de l'Etoile Noire, un immense panneau glissa de côté tandis qu'un épais rayon de lumière commençait à s'élever vers le ciel.

Un canon géant! Avec une horreur impuissante, Luke vit l'énorme rayon laser s'étendre paresseusement vers le lieu de la bataille. Le rayon effleura l'un des croiseurs intersidéraux de l'Alliance. A l'instant suivant, la place où s'était tenu le vaisseau était vide. Il ne restait rien du merveilleux vaisseau.

Paralysé par le désespoir, le cœur dévoré de néant, Luke sentit son regard, son regard seul, s'éveiller. Il la vit. Son épée. Abandonnée sur le trône.

Et la Force noire vint habiter l'aride désert de ce moment livide.

8

L'AMIRAL Ackbar fixait, incrédule, l'endroit où, quelques secondes seulement auparavant, le croiseur intersidéral *Liberté* était engagé dans une furieuse bataille à longue portée. A sa place, il n'y avait plus rien que le vide de l'espace, poudré d'une fine poussière qui miroitait faiblement à la lueur des lointaines explosions.

Dans le poste de commande de l'*Alliance,* c'était la confusion. Les contrôleurs éberlués s'évertuaient encore à contacter le *Liberté,* les capitaines de la flotte allaient et venaient de l'écran aux hublots, criant ordres et contrordres. Un officier d'ordonnance tendit à Ackbar le transpondeur dans lequel résonnait la voix du général Calrissian.

— Appel au quartier général. Ici Leader Doré. Le coup est venu de l'Etoile Noire ! Je répète : l'Etoile Noire est opérationnelle !

— Nous l'avons vu, répondit la voix lasse d'Ackbar. Que tous les appareils se préparent à la retraite.

— Ah, non ! Je ne vais tout de même pas me sauver comme un bastin ! s'insurgea Lando.

— Nous n'avons pas le choix, général Calrissian. Nos croiseurs sont incapables de repousser une puissance de feu d'une telle magnitude.

— C'est votre dernière chance, Amiral ! Vous n'en aurez pas d'autre. Yan va nous faire sauter ce fichu bouclier, il faut seulement lui laisser un peu plus de temps. Foncez sur ces destroyers, Amiral !

Ackbar regarda autour de lui. Une énorme charge secoua le vaisseau, crachant sur le hublot une brève flaque de lumière blême. Calrissian avait raison. Il n'y aurait pas de seconde chance. C'était maintenant ou c'était la fin.

Il se tourna vers le premier maître.

— Lancez la flotte en avant.

— Très bien, Amiral. — L'homme marqua une pause. Amiral, nous n'avons pas grande chance face à ces destroyers. Leur puissance de feu est supérieure et ils sont mieux blindés.

— Je sais, soupira Ackbar.

Le premier maître s'éloigna, remplacé par un officier d'ordonnance.

— Notre avant-garde a établi le contact avec la flotte impériale, Amiral.

— Concentrez tout le feu sur leurs générateurs. Si nous pouvons faire tomber leurs boucliers, cela laissera une petite chance à nos chasseurs.

Le vaisseau fut secoué par une nouvelle explosion : une décharge avait touché les gyrostabilisateurs arrière.

— Intensifiez les boucliers auxiliaires ! hurla quelqu'un.

A travers le hublot de la salle du trône, Luke voyait avec un désespoir qui semblait n'avoir pas de fond le rayon géant incinérer vaisseau après vaisseau. Silencieuse, cette décimation n'en était que plus horrible.

— Votre flotte est perdue, siffla méchamment l'Empereur. Et vos amis, sur Endor, ne survivront pas à la défaite...

Il pressa le contacteur du transpondeur.

— Commandant Jerjerrod, lança-t-il en caressant voluptueusement chaque mot, à supposer que les Rebelles découvrent un moyen de faire sauter le générateur du déflecteur, vous retourneriez le canon vers la lune et l'anéantiriez.

— Bien, Votre Grandeur, répondit le récepteur. Je me permets seulement de faire remarquer à Votre Grandeur que nous avons plusieurs bataillons stationnés là-bas...

— Vous la détruirez !

Le murmure de l'Empereur était plus définitif qu'aucun cri.

— Bien, Votre Grandeur.

Palpatine se retourna vers Luke. Il jubilait.

— Il n'y a aucune issue, mon jeune élève. L'Alliance périra. Et vos amis avec.

La désespérance tordait les traits du jeune Jedi. Sur le trône, l'épée fut agitée d'un frémissement. Luke tendit une main qui tremblait et ses lèvres se retroussèrent en une grimace qui découvrit ses dents.

— Bon, très bon, sourit l'Empereur. Je sens votre colère. Vous êtes désarmé... prenez votre arme. Attaquez-moi avec toute votre haine et cela vous conduira au bout du chemin qui mène à la face obscure.

Son éclat de rire brisa les dernières résistances de Luke. L'épée crépita, vola dans la main de son maître, irrésistiblement attirée par la Force. A la seconde suivante, Luke accompagnait l'arme de tout son poids, en direction du crâne de l'Empereur.

A l'instant, la lame de Vador surgit, parant le coup à quelques millimètres de la tête de Palpatine. Les étincelles volèrent, baignant la face grimaçante de l'Empereur d'une lueur infernale.

Luke bondit en arrière et se retourna, l'épée levée, pour faire face à son père. Vador étendit lentement le bras que prolongeait la lame étincelante.

Avec un soupir de satisfaction, l'Empereur se laissa aller sur son trône, savourant d'avance le spectacle de ce terrible combat.

**

Yan, Leia, Chewbacca et le reste du commando émergèrent du bunker sous bonne escorte. Le spectacle qui les attendait était notablement différent du parterre d'herbe qu'ils avaient découvert à leur arrivée. La clairière était maintenant bourrée de soldats impériaux.

Des centaines. Cuirassés de blanc ou de noir. Certains debout au repos, d'autres observant la scène du haut des bipodes TR-TT, d'autres encore appuyés sur leur moto-speeder. Si, à l'intérieur du bunker, la situation avait paru sans issue, ici elle prenait des allures désespérées.

Yan et Leia se tournèrent l'un vers l'autre et échangèrent leurs âmes dans un regard. Tout ce pour quoi ils avaient lutté, tout ce dont ils avaient rêvé était perdu. Et pourtant, pour un peu de temps encore, quelque chose leur était laissé : ce qu'ils étaient l'un pour l'autre. Jusqu'alors, ils avaient cheminé, chacun de son côté, à travers un vaste désert émotionnel. Aucun d'entre eux n'avait, auparavant, connu l'amour. Yan parce que bien trop énamouré de lui-même, Leia parce qu'emportée dans le tourbillon de la lutte : brûlant d'embrasser l'humanité tout entière, elle n'avait pas su trouver de place en son cœur pour un attachement unique. Mais aux confins du désert, ils s'étaient rejoints ; ils avaient trouvé un petit coin d'ombre fraîche où s'abriter, grandir, se nourrir même.

Cela aussi allait leur être enlevé, très bientôt, et il leur restait tant à se dire qu'ils ne trouvaient pas les mots. Simplement, leurs mains se joignirent, et dans ces minutes qui pouvaient être les dernières, leurs doigts se parlèrent.

C'est alors que 6PO et D2 débouchèrent dans la clairière, apparemment engagés dans une grande discussion. A la vue du comité d'accueil, ils s'arrêtèrent net.

— Oh, malheur ! gémit 6PO.

A l'instant, D2 et lui pivotèrent et repartirent aussi vite que le leur permettaient leurs membres respectifs dans la direction d'où ils étaient venus. Six soldats se lancèrent aussitôt à leur poursuite.

Ils s'engagèrent sous le couvert, pour voir les deux droïds plonger derrière un arbre. Ils se ruèrent en avant, contournèrent le tronc... découvrirent D2 et 6PO immobiles, attendant de se faire prendre. Les gardes s'avancèrent...

Quinze Ewoks s'abattirent alors du haut des branches, brandissant des cailloux et des bâtons. En moins de temps qu'il ne faut pour le dire, les gardes étaient maîtrisés et ligotés. Sur quoi Teebo, qui était perché sur un autre arbre, porta à ses lèvres une corne de bélier et sonna trois coups prolongés. C'était le signal qu'attendaient les Ewoks pour attaquer.

Par centaines, de toutes les directions, ils envahirent la clairière, se jetant du haut des arbres au milieu de l'armée impériale et provoquant un chaos indescriptible.

Les soldats tiraient sans discontinuer. Ils blessaient ou tuaient dix, vingt petites créatures velues et c'étaient cinquante, cent d'entre elles qui plongeaient pour les remplacer. Les moto-speeders poursuivaient sous les arbres de petits Ewoks piaulants et se trouvaient renversés par des quartiers de roc lâchés du haut des branches.

Dès les premiers instants de la mêlée, Chewie avait plongé dans le feuillage tandis que Yan et Leia se jetaient à l'abri des arches qui flanquaient l'entrée du bunker. Profitant d'une légère accalmie, Yan se glissa jusqu'à la porte et composa rapidement le code sur le cadran. Cette fois, la porte refusa de s'ouvrir.

— Ils l'ont reprogrammée après notre passage, pesta Yan.

Leia tendit le bras pour essayer de saisir un pistolaser abandonné près du corps d'un garde, mais l'arme était hors d'atteinte.

— Il nous faut D2 ! hurla-t-elle pour couvrir le bruit des explosions.

Yan acquiesça de la tête, tira son communicateur de poche et composa la séquence d'appel du petit droïd. Après quoi il s'empara de l'arme que Leia ne pouvait atteindre.

D2 et 6PO étaient abrités derrière un tronc lorsque le petit R2 capta le message. Avec un sifflement agité, il sortit de sa cachette et fila en direction du champ de bataille.

— D2 ! cria 6PO. Où vas-tu ? Attends-moi !

Avant d'avoir réalisé les risques qu'il prenait, il était sur les traces de son compagnon.

La chasse continuait entre moto-speeders et Ewoks, les petits ours se faisant plus féroces à mesure qu'on leur roussissait le poil. Une cinquantaine d'entre eux s'étaient attaqués aux bipodes. Agrippés par grappes entières aux pattes des machines, ils les entortillaient de lianes et glissaient graviers et ramilles dans les jointures. D'autres désarçonnaient les éclaireurs à l'aide de lianes tendues à hauteur de gorge, jetaient rochers et sagaies, filets et massues. Ils étaient partout.

Par dizaines, ils s'étaient regroupés derrière Chewbacca avec qui l'épisode de la nuit précédente avait tissé des liens : il était leur mascotte, eux ses petits cousins de province. Aussi était-ce avec une ardeur toute particulière qu'ils luttaient maintenant côtes à pattes. Avec une frénésie altruiste toute wookie, Chewie faisait le vide dans les rangs de ces soldats qui osaient blesser ses petits amis. De leur côté, les Ewoks ne songeaient à rien qu'à suivre Chewbacca à tout prix et à se jeter sur quiconque tentait de mettre la main sur lui.

C'était une étrange et sauvage bataille.

D2 et 6PO atteignirent sans mal la porte du bunker. Leia s'était procuré un blaster et couvrait les droïds en compagnie de Yan. D2 roula rapidement jusqu'au terminal et brancha son bras-ordinateur. Il n'avait pas commencé le décodage qu'une décharge de laser giclait à moins d'un mètre de lui, arrachant son câble de connexion et l'envoyant rouler dans la poussière.

La tête du petit droïd laissa échapper une volute noire et un filet de graisse commença à s'écouler lentement de la jointure endommagée. Brusquement, tous les compartiments du droïd s'ouvrirent, tous les orifices dégorgèrent lubrifiant ou fumée, toutes les roues tournèrent... Puis plus rien. 6PO se rua vers son compagnon blessé tandis que Yan examinait à nouveau le cadran.

— Je peux peut-être court-circuiter ce truc, grommela Solo.

Pendant ce temps, les Ewoks avaient érigé une catapulte primitive de l'autre côté de la clairière. Ils lâchèrent un bolide dans les pattes d'un bipode. La machine frémit sur ses bases mais ne bascula pas. Elle se retourna et marcha sur la catapulte, canon en batterie, dispersant les imprudents. Quand le bipode ne fut plus qu'à trois mètres du but, les Ewoks sectionnèrent un faisceau de lianes, libérant deux énormes troncs qui s'écrasèrent sur le sommet de la machine de guerre, l'abattant pour le compte.

Ce fut le signal, chez les Ewoks, d'une nouvelle phase de l'assaut. Revêtus de peaux d'écureuils volants, ils s'élancèrent en vol plané, bombardant l'ennemi de toutes sortes de projectiles coupants ou contondants. Teebo, qui conduisait l'attaque, fut frappé à l'aile par un éclair et alla s'écraser dans une racine noueuse.

Aussitôt, un bipode se mit en marche, mais Wicket fondit du ciel à temps pour tirer son ami hors du passage. Malheureusement, sa trajectoire croisa celle d'un moto-speeder... Ewoks et éclaireur disparurent dans les profondeurs du feuillage.

Les pertes augmentaient.

***

Dans l'espace, l'Alliance était dans une situation critique. Les pertes se comptaient par centaines. Les appareils atteints emplissaient le ciel de leurs explosions... Méthodiquement, le canon-laser de l'Etoile Noire désintégrait la flotte rebelle.

Le *Faucon Millennium* harcelait un destroyer impérial, lâchant ses décharges pour s'esquiver aussitôt et distancer les chasseurs Tie lancés à sa poursuite.

Dans le cockpit, Lando s'égosillait dans son transpondeur.

— J'ai dit *plus près* ! hurla-t-il à l'attention d'Ackbar au poste de commande de l'*Alliance*. Il faut coller littéralement à ces destroyers pour que le canon-laser ne puisse nous atteindre sans abattre ses propres vaisseaux.

— Jamais des supervaisseaux comme leurs destroyers et nos croiseurs ne se sont battus au corps à corps ! s'insurgea violemment l'amiral.

— Splendide ! lança Lando en redressant son appareil au ras de la coque du destroyer. On est en train d'inventer une nouvelle forme de combat.

— Mais nous n'avons aucune tactique à appliquer à ce type de confrontation !

— Nous en savons autant qu'eux ! Et ils croiront qu'on en sait plus.

Le bluff comme dernier recours n'était pas une tactique de jeu recommandable, mais quand on avait tout son argent dans le pot, c'était le seul moyen de gagner. Et Lando ne jouait jamais pour perdre.

Ackbar se faisait encore tirer l'oreille.

— A cette distance, nous ne tiendrons pas longtemps contre les destroyers, tenta-t-il encore.

— Nous tiendrons plus longtemps que face à l'Etoile Noire et, avec un peu de chance, il y en aura quelques-uns qui tomberont avec nous!

Lando lança le *Faucon* dans une vrille mais ne put éviter un éclair qui volatilisa ses canons avant. Avec une parfaite maîtrise, il redressa l'appareil et plongea sous le ventre du léviathan impérial.

Ackbar s'était finalement résigné à la stratégie de Calrissian. Dans les minutes qui suivirent, des dizaines de croiseurs impériaux se rapprochèrent à des distances incroyablement faibles des destroyers et le colossal corps à corps commença.

*
* *

Luke et Vador tournaient lentement en cercle. Le sabrolaser haut au-dessus de sa tête, Luke préparait son attaque, en prime. Le Seigneur Noir se gardait, en quarte, réponse classique. Brusquement, Luke se fendit. Parade. Feinte. Contre-parade de Vador qui laissa l'impact guider sa lame vers la gorge de Luke. Riposte. En garde. Aucune blessure de part ni d'autre. Les duellistes reprirent leur valse lente.

Si Vador ne le montrait pas, il était impressionné par la rapidité de Luke. Satisfait, même. Quel dommage qu'il ne puisse permettre au garçon de tuer l'Empereur sur-le-champ! Non. Luke n'était pas encore prêt, émotionnellement. Encore capable de retourner vers ses amis s'il tuait l'Empereur maintenant. Ce serait pour plus tard, lorsqu'il serait passé par la formation de Vador *et* de Palpatine. Alors, il serait prêt à tenir sa place à la droite de son père. En attendant, il était de l'intérêt de Vador de l'empêcher de frapper au mauvais endroit — ou au bon endroit à contretemps.

Avant que Vador n'ait pu pousser plus loin son analyse, Luke porta une nouvelle attaque. Plus agressive. Il avança en une suite rapide de fentes, son épée crépitant contre la lame phosphorescente de Vador. A chaque impact, le Seigneur Noir reculait d'un pas. Il s'effaça pour porter une attaque vicieuse mais Luke détourna la lame et continua à le repousser. Momentanément déséquilibré, le Seigneur Noir trébucha au sommet des marches et tomba sur les genoux.

Du haut de l'escalier, Luke toisait son adversaire, ivre de sa propre puissance. La victoire était à sa portée. Il la sentait. Il allait s'emparer de l'épée de Vador, de la vie de Vador. De la place de Vador aux côtés de l'Empereur. Oui, même de cela. Cette fois, il ne repoussait pas cette perspective ; il s'en glorifiait, s'en gorgeait comme d'un fruit mûr. Le pouvoir lui enflammait les joues, l'embrasait d'une fièvre qui oblitérait toute autre considération.

Il avait le pouvoir ; c'était à lui de décider.

Puis, lentement, une autre soif, aussi dévorante, vint se surimposer sur la fièvre ardente qui le consumait : il pouvait également anéantir l'Empereur, les anéantir tous les deux et ensuite, la Revanche et la Conquête chevauchant à ses côtés, régner en maître sur la galaxie.

Un moment intense, étourdissant. Luke ne défaillit pas, ne recula pas.

Il fit un pas en avant.

Pour la première fois, l'idée pénétra la conscience de Vador que son fils pouvait le vaincre. Depuis leur duel sur Bespin, le garçon avait acquis une maîtrise étonnante. Sans parler de sa rapidité et de sa précision. C'était là une circonstance inattendue. Inattendue et inopportune. A sa propre surprise, Vador sentit ramper en lui les miasmes de l'humiliation ; pis, ceux de la peur. Puis vint la colère, froide, nue. Et Vador ne fut plus que soif de revanche.

Comme un miroir, le jeune Jedi immobile au sommet des marches reflétait inconsciemment le trouble de Vador, au bénéfice d'un Palpatine jubilant. L'Empereur pressa Luke.

— Va, garçon, lâche la bride à ta haine ! Laisse-la couler en toi, ne faire plus qu'un avec toi. Laisse-la te nourrir !

La voix de l'Empereur éveilla le jeune Jedi de ses rêves de gloire et de conquête. Luke réalisa soudain ce qui était en train de se produire et ne fut plus que confusion. Que voulait-il ? Que devait-il faire ? Son exultation passionnée des secondes précédentes ? Envolée, noyée dans un flot d'indécision, un brouillard d'incertitudes.

Luke recula d'un pas, abaissa son épée. Il se détendit, essaya de chasser toute haine de son être.

A cet instant, Vador attaqua. Il se fendit, mettant Luke sur la défensive, enroula son épée autour de celle de son adversaire pour le désarmer. Luke se dégagea, rompit. D'un bond, il fut sur un portique dominant la salle. Vador sauta par-dessus la rampe de l'escalier, atterrit sur le sol, à la verticale de la plate-forme sur laquelle se tenait Luke.

— Je ne te combattrai pas, Père, énonça Luke.

— Tu es mal avisé d'abaisser tes défenses, l'avertit Vador.

La colère du Seigneur Noir s'était apaisée. Il ne voulait pas vaincre si le garçon ne se donnait pas à fond. Mais si vaincre signifiait devoir tuer un garçon qui refusait le combat, alors il pouvait le faire. Il tenait simplement à avertir Luke des conséquences de sa décision. Il tenait à ce qu'il sache qu'il ne s'agissait plus d'un jeu.

Luke entendit cela, mais aussi un autre discours.

— Tes pensées te trahissent, Père. Je sens le bien en

toi... le conflit. Une première fois, tu n'as pas pu te résoudre à me tuer, et tu ne me détruiras pas aujourd'hui.

C'était en réalité par deux fois — à ce qu'en savait Luke — que Vador avait eu l'occasion de le tuer et ne l'avait pas fait. Au cours du combat au-dessus de la première Etoile Noire et, plus tard, dans leur duel à l'épée, sur Bespin. A rajouter à cela l'épisode douloureux au cours duquel Vador avait tenu Leia entre ses griffes. Il l'avait torturée... mais ne l'avait pas tuée. Luke frémit à l'évocation des tourments qu'avait endurés sa sœur, mais il chassa rapidement cette pensée de crainte qu'elle ne fût surprise par l'Empereur.

L'accusation de Luke avait mis Vador hors de lui. Il était capable de tolérer beaucoup de choses de la part de l'insolent gamin, mais cela, c'était intolérable ! Il allait donner au garçon une leçon qu'il n'oublierait pas de sitôt. Ou mourrait d'avoir apprise.

— A nouveau, tu sous-estimes le pouvoir de la face obscure...

Vador lança son épée. La lame fendit l'air en scintillant, sectionna deux des supports du portique sur lequel était perché Luke, avant de rejoindre docilement la main du Seigneur Noir. Déséquilibré, Luke trébucha, roula sur la plate-forme inclinée, jusqu'à un niveau intermédiaire. Dans l'ombre du surplomb, il était hors de vue. Vador se mit à faire les cent pas autour de la zone d'ombre tel un chat à l'affût mais il se garda bien de se risquer plus avant.

— Tu ne pourras pas éternellement rester caché, Luke.

— Tu seras obligé de venir me chercher, répliqua la voix désincarnée.

— Je ne te donnerai pas si facilement l'avantage.

Vador sentait ses intentions s'entacher d'ambiguïté ; l'intégrité de son engagement dans la voie de l'ombre était en voie d'être compromise. Le garçon était décidément trop clairvoyant. Il allait falloir redoubler de prudence.

— Je ne cherche pas d'avantage, Père. Je ne te combattrai pas. Tiens... prends mon épée.

Luke connaissait l'ampleur du risque qu'il prenait mais cela n'entamait pas sa résolution. Si elle devait signifier sa fin, qu'il en soit ainsi. Il ne se servirait pas de l'Ombre pour combattre l'Ombre. Peut-être, après tout, reviendrait-il à Leia de poursuivre la lutte, sans lui. Peut-être trouverait-elle la voie qu'il cherchait en vain. L'autre voie, celle de l'Ombre, Luke se l'interdisait.

Il déposa son épée sur le sol et se laissa rouler en direction de Vador. A mi-chemin, il s'immobilisa et attendit.

Le Seigneur Noir n'eut qu'à tendre la main pour que le sabrolaser de Luke vienne s'y loger. Il l'accrocha à sa ceinture puis, avec une gravité teintée d'incertitude, il pénétra dans l'ombre du surplomb.

Son esprit dirigé vers Luke, Vador captait chacun des sentiments qui agitaient le jeune Jedi. Le doute, le remords, le regret, la solitude. Des vagues de chagrin aussi. Mais pas directement reliées à lui, Vador. A d'autres... à Endor. Ah! il y était! La lune où ses amis allaient mourir. Luke l'apprendrait bientôt, les relations humaines étaient fort différentes du côté obscur de la Force.

— Donne-toi à la face obscure, Luke, implora Vador. C'est le seul moyen de sauver tes amis. Oui, tes pensées te trahissent, fils. Tes sentiments envers eux sont fort, spécialement envers...

Vador s'interrompit. Il sentait quelque chose, quelque chose que Luke essayait de lui cacher.

Luke se rencogna plus profondément dans l'ombre. Comment faire ? Leia souffrait. Sa douleur l'appelait, criait vers lui comme lui criait vers elle. Il ne pouvait plus nier cet appel, ni le gommer. Il fallait qu'il le berce en lui, qu'il l'accueille.

La conscience de Vador envahit cette intimité.

— Non ! hurla Luke.

— Une sœur ?... énonça la voix encore incrédule de Vador. Une sœur ! vociféra-t-elle. Cette fois, ce sont tes sentiments qui t'ont trahi. Et elle avec... Des jumeaux !...

Il poussa un rugissement de triomphe.

— ... Obi-Wan a été bien inspiré de la cacher, mais désormais, son échec est complet. — Il laissa filer un sourire diabolique. — Si tu ne te tournes pas vers la face obscure, peut-être qu'*elle* le fera.

Pour Luke, c'était le point de rupture. Pas Leia ! Elle restait le seul espoir. Si Vador retournait contre elle ses talents dévoyés...

— Jamais ! hurla-t-il.

Son épée vola de la ceinture de Vador dans sa main, s'activa comme d'elle-même. Luke se rua sur son père avec une frénésie qu'il n'avait jamais soupçonnée en lui. Pas plus que Vador.

Les deux gladiateurs se battaient férocement. Les étincelles jaillissaient par gerbes du tranchant de leur lame. Il devint pourtant rapidement évident que l'avantage était dans le camp de Luke. Et que Luke le mettait à profit. Les deux épées s'entrechoquèrent. Lorsque Luke repoussa Vador pour rompre l'engagement, la tête du Seigneur Noir alla donner contre une des poutrelles basses qui soutenaient la plate-forme supérieure. Vador recula en titubant, poursuivi sans relâche par un adversaire déchaîné.

Coup après coup, Luke forçait Vador à la retraite. Toujours plus bas. Jusqu'au bord extrême du puits de visite du générateur. Sur le pont qui enjambait le puits. Les attaques harcelaient Vador comme des accusations, comme des cris, comme des échardes de haine.

Le Seigneur Noir tomba sur les genoux. Il leva son

épée pour bloquer un nouvel assaut... La lame de Luke trancha la main au niveau du poignet.

Et tandis que l'épée de lumière disparaissait dans le puits insondable, la main, avec ses fils, ses instruments électroniques rebondit sur le sol avec un tintement sinistre, et disparut.

Du fond de la brume rouge qui brouillait ses sens, Luke entendit le tintement. Comme au sortir d'un cauchemar, il baissa les yeux vers sa main artificielle gantée de noir, et il sut à quel point il était devenu pareil à son père. Pareil à l'homme qu'il haïssait.

Il s'immobilisa, tremblant, au-dessus de Vador, la pointe de son épée appliquée sur la gorge du Seigneur Noir. Il voulait anéantir cette émanation de l'Ombre, cette chose qui avait été son père, cette chose qui était... lui.

Subitement, l'Empereur fut à ses côtés, frémissant d'une agitation incontrôlable.

— Bien! Tue-le! Ta haine t'a donné la puissance! Maintenant, que ton destin s'accomplisse! Tue et prends la place de ton père à mon côté!

Le regard de Luke se fixa sur ce père virtuellement vaincu, puis sur l'Empereur, puis à nouveau sur Vador. Ce qu'il avait devant lui *était* l'Ombre; et c'était l'Ombre qu'il haïssait. Pas son père, pas même l'Empereur, mais l'Ombre qu'ils abritaient. Et que lui aussi abritait. La seule manière de vaincre l'Ombre était de renoncer à elle. Irrévocablement.

Lentement, Luke se redressa et prit la décision pour laquelle toute sa vie il s'était préparé.

— Jamais! dit-il fièrement en jetant l'épée au loin. Jamais je ne me tournerai vers la face obscure. Vous avez échoué, Palpatine. Je suis un Jedi, comme mon père l'a été avant moi.

La jubilation de l'Empereur se changea en rage froide.

— Qu'il en soit ainsi, Jedi. Si tu ne peux pas être retourné, tu seras éliminé.

Palpatine leva vers Luke ses bras squelettiques. De ses doigts jaillirent d'aveuglants éclairs blancs qui sifflèrent à travers la pièce comme des serpents, et Luke se sentit assailli par une douleur abominable. Des épées de feu fouaillaient ses entrailles, lui lacéraient le ventre. Jamais il n'avait même entendu parler d'un tel pouvoir, d'une telle corruption de la Force.

Au milieu de son intolérable supplice, une pensée soutint Luke : ce que la Force générait, la Force pouvait le repousser. Luke leva les bras et, au début au moins, il réussit. Les éclairs rebondirent sur ses doigts pour aller se perdre dans les parois. Mais bientôt les éclairs revinrent à l'assaut, plus rapides, plus intenses, et Luke ne put plus les repousser. Il se recroquevilla sur lui-même, convulsé de douleur, les genoux fléchis, ses pouvoirs déclinants.

Comme une bête blessée, Vador rampa jusqu'aux pieds de l'Empereur.

***

Sur Endor, la bataille du bunker se poursuivait. Les soldats continuaient à arroser les Ewoks de leurs armes sophistiquées, les Ewoks à assommer les soldats à coups de gourdins, à déséquilibrer les bipodes à l'aide des troncs et des lianes tendus, à renverser les moto-speeders à l'aide de lassos et de filets.

Ils faisaient s'abattre des arbres sur leurs ennemis. Ils creusaient des trous recouverts de branchages puis poussaient les bipodes à les prendre en chasse jusqu'à ce que les véhicules pataud basculent dans les chausse-trapes. Ils provoquaient des éboulis. Ils endiguaient un petit cours d'eau, puis ouvraient les vannes — ils noyèrent ainsi une milice entière et deux bipodes. Ils se massaient pour s'évanouir aussitôt. Ils escaladaient les bipodes et déversaient dans les sabords de l'huile de lézard bouillante. Ils attaquaient au couteau, à l'épieu, à la fronde et poussaient de stridents cris de guerre pour confondre et épouvanter l'ennemi. Leur inventivité et leur audace ne connaissaient pas de bornes.

A leur exemple, Chewie devenait plus téméraire encore qu'à l'ordinaire. Le Wookie commençait à éprouver tant de plaisir à s'élancer de liane en liane et à bombarder des têtes, qu'il en oubliait presque l'existence de son blaster.

A un moment donné, il se jeta — Teebo et Wicket agrippés à son dos — sur le toit d'un bipode. Ils atterrirent avec un bruit sourd et firent tant et si bien à cogner et à bondir qu'un soldat souleva l'écoutille supérieure afin de déterminer l'origine d'un tel vacarme. Avant qu'il ait pu tirer son arme, Chewie l'avait arraché du bipode et projeté à terre. Immédiatement, Wicket et Teebo se glissèrent dans l'ouverture et maîtrisèrent le second garde.

Les Ewoks conduisaient un bipode impérial à peu près comme ils pilotaient un moto-speeder — horriblement mal mais en y prenant le plus grand plaisir. Chewie faillit à plusieurs reprises être projeté par-dessus bord, mais les barrissements qu'il lançait à travers l'ouverture n'impressionnaient guère les pilotes de fortune : les deux Ewoks gloussaient, piaulaient, couinaient... et se précipitaient tout droit dans le moto-speeder suivant.

Avec mille contorsions, Chewie finit par réussir à se glisser dans l'ouverture. En une demi-minute, il avait assimilé le fonctionnement de l'engin, la technologie impériale étant relativement standardisée. Il élabora alors une nouvelle tactique : s'approcher comme si de rien n'était d'un autre bipode et le réduire en poussière. Tactique couronnée de succès. Les machines de guerre tombaient les unes après les autres, sans même avoir soupçonné comment pour la plupart.

A voir flamber les monstres métalliques, les Ewoks trouvèrent en eux de nouvelles ressources. Ils se rallièrent derrière le bipode du Wookie, profitant de sa protection pour intensifier leur manœuvre de harcèlement. Chewie était en train d'infléchir l'issue de la bataille.

Pendant ce temps, Yan s'escrimait toujours sur le panneau de contrôle. Les fils crachaient des étincelles à chaque nouvelle épissure, mais la porte restait close. A plat ventre derrière lui, Leia se démenait comme un beau diable avec son blaster.

— Donne-moi un coup de main, lança enfin Yan, je crois que j'y suis. Tiens-moi ça.

Leia rengaina son arme et maintint en place le fil qu'il lui tendait pour lui permettre d'y adapter deux autres conducteurs dégagés du cadran.

— Croisons les doigts, c'est parti, décréta Yan.

Les trois fils se rejoignirent. L'étincelle jaillit. Avec un « VROUFF ! » sonore, une plaque de blindage s'abattit devant la porte, doublant la barrière imprenable.

— Splendide, murmura Leia. Maintenant, on a deux portes à forcer.

A ce moment, elle fut touchée au bras par une décharge et précipitée à terre. Yan se jeta à plat ventre à côté d'elle, cherchant à enrayer l'hémorragie.

— Princesse Leia, vous allez bien ? s'inquiéta 6PO.

— Rien de grave, répondit Leia en secouant la tête. Je...

— On ne bouge plus ! intima une voix. Un seul geste et vous êtes morts.

Ils se figèrent. Deux soldats étaient devant eux. Dans leur main, le fusil ne tremblait pas.

— Debout ! ordonna l'un d'eux. Les mains en l'air.

Yan et Leia échangèrent un regard où tout était compris, senti, partagé. Dans les yeux de Leia, Yan lisait quelque chose de plus : un message. Il baissa les yeux vers l'étui du blaster qui pendait à la taille de la jeune femme. Elle avait subrepticement tiré son arme et la tenait prête. Yan se trouvait entre Leia et les soldats, bloquant en partie leur champ de vision, de sorte qu'ils n'avaient rien remarqué.

Yan plongea à nouveau son regard dans l'âme de Leia et dans un sourire d'adieu :

— Je t'aime, souffla-t-il.

— Je sais, répondit-elle simplement.

Le moment était passé. Au même signal, non énoncé mais compris, Yan bondit de côté, Leia tira.

L'air s'anima instantanément d'une scintillante aurore orangée, labourée d'éclairs et de sifflements... Quand la fumée se dissipa, les soldats gisaient à terre. Et un bipode était immobilisé à quelques mètres de Yan, ses canons braqués droit sur sa figure.

Yan leva les mains, risqua un pas en avant. Il ne savait pas quoi, mais il allait au moins tenter quelque chose.

— Reste en arrière, dit-il calmement à Leia tout en évaluant la distance qui le séparait de la machine.

C'est alors que l'écoutille du toit du bipode se rabattit violemment et qu'apparut une tête de Wookie, illuminée d'un large sourire.

— Ahr, Rahr ! aboya Chewbacca.

Yan l'aurait embrassé.

— Chewie ! Dépêche-toi de descendre de là. Elle est blessée !

Il s'élança à la rencontre de son ami, et s'immobilisa à mi-parcours.

— Non, attends ! lança-t-il. J'ai une meilleure idée.

9

Les deux armadas flottaient dans l'espace, étroitement imbriquées l'une dans l'autre, leurs bâtiments crachant le feu à bout portant.

Les manœuvres héroïques, le plus souvent suicidaires, ne se comptaient plus. C'était un croiseur rebelle, qui, sa moitié arrière en flammes, se traînait pour mourir jusqu'au contact d'un destroyer impérial pour l'entraîner dans sa désintégration finale. C'étaient des cargos bourrés d'explosifs lancés sur des trajectoires de collision avec les forteresses spatiales, abandonnés à l'ultime minute par des équipages que guettaient des destins au mieux hasardeux...

Lando, Wedge, Leader Bleu et Aile Verte s'étaient concentrés sur l'un des plus grands destroyers — le central de communications. Face à lui, un croiseur rebelle avait déjà essuyé un semi-échec. Avant d'être désintégré, il avait réussi à placer quelques tirs au but, mais les dommages étaient réparables et les chasseurs s'efforçaient d'abattre le géant pendant qu'il en était encore à lécher ses plaies.

Lando avait amené son escadrille sous le destroyer, ce qui la rendait provisoirement invisible et empêchait l'ennemi d'utiliser ses canons lourds.

— Concentrez la puissance sur les boucliers avant, communiqua-t-il à son groupe. On y va !

— Je te colle au train, répondit Wedge. Serrez la formation, les gars.

Ensemble, les chasseurs montèrent en chandelle, perpendiculairement à l'axe longitudinal du vaisseau de façon à ne pas trop faciliter la tâche des canonniers impériaux. A cinquante pieds de la cible, ils pivotèrent à quatre-vingt-dix degrés, accélérant le long de la coque qui crachait le feu de tous ses sabords.

— Objectif : la transmission du générateur principal, indiqua Lando.

— Bien compris, répondit Aile Verte. Me place en position.

— Ne va pas te frotter aux batteries avant, avertit Leader Bleu.

— Ça pète dur, dans le coin.

— Suis en position.

— Il a été salement touché à gauche de la tour, nota Wedge. Concentrez-vous de ce côté.

— Bien compris.

Aile Verte était touché.

— Je perds de la vitesse !

— Dégage, nom d'un bantha ? Tu vas exploser.

Aile Verte s'écrasa sur les batteries avant du destroyer. Une gigantesque explosion secoua la proue du colosse de part en part.

— Merci, commenta sobrement Leader Bleu.

— Ça nous laisse une ouverture ! appela Wedge. On le prend par le travers, les gars. Les réacteurs sont juste derrière cette soute.

— Suivez-moi !

Lando effectua un virage sur l'aile qui prit totalement au dépourvu le personnel du réacteur. Wedge et Leader Bleu firent de leur mieux pour le suivre.

— Coup direct ! hurla Lando.

— C'est parti !

201

— Rompez ! Rompez !

Les trois appareils dégagèrent vite et sec, au moment où les premières explosions ébranlaient le vaisseau géant. La réaction en chaîne se poursuivit, jusqu'à ce que le destroyer ne soit plus qu'une étoile ajoutée au firmament d'Endor.

Atteint par l'onde de choc, Leader Bleu perdit le contrôle de son chasseur et se trouva projeté contre le flanc d'un petit vaisseau impérial. Une double explosion salua la collision. Wedge et Lando étaient parvenus à s'échapper.

— Le brouillage a cessé, lança le haut-parleur du *Faucon*. Nous avons les paramètres du déflecteur sur nos écrans.

— Toujours debout ?

Lando aurait tout aussi bien pu s'épargner la question dont son sixième sens lui soufflait déjà la désastreuse réponse.

— J'ai peur que oui. Il semble que le général Solo ait échoué.

— Jusqu'à ce qu'ils aient détruit notre dernier vaisseau, il reste un espoir, répliqua Lando.

Yan n'échouerait pas ! Il ne pouvait pas lui faire ça ! Pas alors qu'il leur restait encore à se débarrasser de cette insupportable Etoile Noire !

Sous l'assaut continu de l'Empereur, Luke atteignait aux limites de l'inconscience. Torturé au-delà de tout possible, harassé d'une faiblesse qui drainait son essence même, il n'aspirait plus qu'à ce néant vers lequel il dérivait. A quelques pas de lui, Vador était péniblement en train de se relever.

L'Empereur adressa au Jedi épuisé un sourire de triomphe.

— Jeune présomptueux ! Enfin, tu commences à

comprendre. Tes talents puérils ne sont rien à côté du pouvoir de la face obscure. Tu as payé le prix de ton aveuglement. Maintenant, tu vas mourir !

Le rire de l'Empereur était celui d'un dément. Aussi impossible que cela pût paraître à Luke, le jaillissement qui émanait des doigts décharnés augmenta d'intensité. Les éclairs hurlaient à travers la salle l'éblouissement de leur éclat meurtrier.

Le corps de Luke se tassa sous la pression du hideux barrage, bascula, se recroquevilla sur le sol. Il cessa de remuer. L'Empereur, les dents découvertes en un ricanement de hyène, baissa les yeux sur ce corps immobile.

A cet instant, Vador se détendit et, empoignant l'Empereur par-derrière, lui maintint les bras collés au torse. En dépit de son extrême faiblesse, le Seigneur Noir avait mis à profit les dernières minutes pour concentrer chacune des fibres de son être sur cette unique action — la seule possible ; et s'il échouait, sa dernière. Ignorant la douleur, ignorant sa honte et sa faiblesse, ignorant le hurlement qui résonnait dans son crâne, il n'était plus qu'une volonté tendue vers un seul but : vaincre le mal incarné en la personne de l'Empereur.

Palpatine se débattait dans l'étreinte de Vador, ses doigts continuant à cracher des éclairs dans toutes les directions. Dans les mouvements désordonnés qu'il fit pour se libérer, l'une des décharges rebondit sur l'une des parois, frappant Vador qui vacilla, son casque, sa cape, son cœur, parcourus de fulgurants crépitements.

Sans lâcher prise, Vador avança en titubant jusqu'au centre de la passerelle qui enjambait le gouffre noir communiquant avec le cœur du réacteur. Dans un ultime effort, il souleva très haut au-dessus de sa tête le despote gigotant et le précipita dans l'abîme.

Le corps de Palpatine, toujours projetant ses décharges aveuglantes, tournoya longuement dans le vide, rebondissant de paroi en paroi. Il disparut enfin. Quelques secondes plus tard, le bruit lointain d'une explosion accompagné d'un vent violent qui souleva la tunique du Seigneur Noir penché au-dessus du gouffre, annonça à Vador que l'énergie venait de rejoindre l'énergie.

Luke se souleva faiblement et rampa jusqu'à son père pour l'attirer hors de portée de ce gouffre qui semblait fasciner son regard fixe. Ensemble, ils retombèrent sur le sol, trop faibles pour bouger, trop épuisés pour parler.

*
**

Sur leurs écrans, les contrôleurs du bunker observaient de tous leurs yeux la bataille qui se déroulait dans la clairière et, en dépit des interférences, il paraissait manifeste que le combat était sur le point de s'achever. Pas trop tôt quand on pensait que ces petits indigènes avaient été classés comme pacifiques et inoffensifs !

La réception empira encore — probablement une seconde antenne touchée dans la bataille. Soudain, un pilote de bipode emplit l'un des écrans. Il agitait frénétiquement les bras.

— C'est terminé, mon Commandant ! Les Rebelles sont en déroute. Ils ont fui dans les bois avec les indigènes. Nous avons besoin de renforts pour continuer la poursuite.

Le personnel du bunker applaudit à la nouvelle. Le bouclier était sauf.

— Ouvrez la porte principale ! ordonna l'officier. Trois escadrons en renforts.

La porte du bunker s'ouvrit et les troupes sortirent au pas de course, pour se trouver entourés de toutes parts par Rebelles et Ewoks qui ne faisaient pas mine de plaisanter. Les soldats se rendirent sans résistance.

Yan, Chewie et cinq membres du commando se précipitèrent à l'intérieur, portant les charges explosives. En l'espace de quelques minutes, onze charges à retardement étaient placées aux points stratégiques et les artificiers se ruaient à l'extérieur à toutes jambes.

Handicapée par ses blessures, Leia était installée à l'abri des buissons. Elle était en train de hurler des ordres aux Ewoks pour qu'ils rassemblent leurs prisonniers le plus loin possible du bunker lorsque Yan et Chewie débouchèrent au triple galop. Le bunker explosa.

Ce fut un spectaculaire feu d'artifice. Explosion après explosion, des pans entiers de murailles métalliques jaillissaient dans le ciel. Enfin une énorme langue de flammes de plusieurs centaines de mètres monta à l'assaut de l'espace, calcinant la clairière, tandis que, dans un rayon de plusieurs kilomètres, l'onde de choc projetait à terre tout ce qui était capable de bouger.

Le bunker était détruit.

*
**

Un officier courut à l'amiral Ackbar.

— Amiral, dit-il la voix frémissante, les paramètres indiquent pour le champ entourant l'Etoile Noire une puissance nulle.

Ackbar se retourna d'un bloc vers l'écran. La toile d'araignée générée électroniquement avait disparu. La lune et l'Etoile Noire flottaient seules dans le vide d'encre.

— Ils ont réussi ! souffla Ackbar.

Il se précipita vers le transpondeur, enclencha la fréquence spéciale.

— Ordre à tous les chasseurs de lancer l'attaque sur le réacteur principal de l'Etoile Noire. Le champ déflecteur est tombé. Je répète : le champ déflecteur est tombé !

Lando ne perdit pas une seconde.

— Je vois ça. On y va! Groupe Rouge! Groupe Doré! Escadrille Bleue! Tous les chasseurs avec moi!

« Yan, mon pote, t'as fait un beau boulot », ajouta-t-il en silence. « Maintenant, à mon tour. »

Le *Faucon* plongea vers la surface de l'Etoile Noire, imité par des hordes de chasseurs rebelles suivis par la masse encore désorganisée des chasseurs Tie. Dans la direction opposée, trois croiseurs convergaient vers le superdestroyer, le vaisseau amiral de Vador, qui paraissait éprouver des difficultés avec son système de guidage.

Lando et la première vague de chasseurs X fonçaient vers la face inachevée de l'Etoile Noire en rasant la courbe de l'autre face.

— Restez à basse altitude jusqu'à ce qu'on atteigne l'autre côté, émit Wedge.

— Escadrille de chasseurs ennemis à quatre heures.

— Aile Bleue, appela Lando. Toi et ton groupe, débarrassez-nous de ces moustiques.

— Je vais faire ce que je peux.

— Je capte des interférences... L'Etoile Noire doit essayer de nous brouiller...

— Chasseurs à dix heures...

— Superstructure en vue, signala Lando. Cherchez le puits du réacteur principal.

Le *Faucon* atteignit la face inachevée et se mit à zigzaguer follement entre les poutrelles, les tours en construction, les échafaudages et les mâts. La défense antiaérienne était quasi inexistante — la protection de l'Etoile Noire reposant presque exclusivement sur le bouclier déflecteur — et les risques majeurs pour les Rebelles étaient constitués par la structure elle-même et par les chasseurs Tie lancés à leurs trousses.

— Système d'alimentation du réacteur droit devant, annonça Wedge. Je descends.

— Je le vois aussi, répondit Lando. J'y vais.

— Ça ne va pas être facile.

Ils évitèrent une tour, piquèrent sous un pont... et se trouvèrent soudain lancés à pleine vitesse entre les parois à pic d'un puits métallique, à peine assez large pour laisser le passage à trois chasseurs de front, percé de part et d'autre de myriades de conduits secondaires et de tunnels, parcouru sur toute sa longueur d'embranchements et d'impasses, et de plus encombré d'un nombre inquiétant d'obstacles tels que machines-outils, éléments de construction, câbles d'alimentation, escaliers flottants, barrières de sécurité et débris empilés.

Les Rebelles négociaient à peine le premier virage que déjà la formation de chasseurs Tie était sur leurs talons, deux fois plus importante en nombre. Deux chasseurs X s'écrasèrent contre un derrick en voulant éviter le tir des poursuivants. La chasse était lancée.

— Quelle direction, Leader Doré ? appela Wedge.

Une décharge heurta la paroi du boyau juste en avant, arrosant son pare-brise d'étincelles.

— On se guide sur la source d'alimentation énergétique la plus importante, suggéra Lando. Logiquement, ça doit nous conduire au générateur.

— Aile Rouge, tu restes en alerte. On pourrait bientôt se sentir à l'étroit, là-dedans.

En effet, le boyau se rétrécissait à chaque virage. Les chasseurs passèrent à deux de front, puis un seul. Les Tie touchèrent un troisième appareil qui s'abattit en flammes. Un chasseur ennemi heurta une pièce de machinerie avec un résultat identique.

— Les écrans indiquent un obstacle important à l'avant, annonça Lando.

— J'ai vu ça. Tu vas passer ?

— Ça va être à un cheveu.

C'était un écran antichaleur qui obstruait sur ses trois quarts la partie gauche du tunnel. Un renfoncement en courbe avait été pratiqué sur la partie droite pour ménager un peu d'espace. Lando coucha le *Faucon* à cent quatre-vingts degrés en même temps qu'il amorçait un virage à droite, acheva son tour complet de l'autre côté de l'obstacle en se déportant en même temps sur la gauche. Ç'avait été effectivement à un cheveu. Par chance, les ailes X et les ailes Y étaient des appareils moins volumineux. Deux d'entre eux ne parvinrent pourtant pas à négocier le virage à gauche après l'écran et s'écrasèrent contre la paroi du puits.

Soudain, les écrans n'offrirent plus qu'un brouillard blanchâtre.

— Mon navigateur électro est mort ! lança Wedge.
— Réduisez l'allure, indiqua Lando. C'est l'énergie qui provoque des interférences.
— Passez sur détection visuelle.
— A cette vitesse, c'est de la folie. On va voler à l'aveugle.

Le puits se rétrécit à nouveau. Deux chasseurs X heurtèrent la paroi. Un troisième explosa sous les coups des impériaux qui gagnaient du terrain.

— Leader Vert ! appela Lando.
— Je vous reçois, Leader Doré.
— Rompez et regagnez la surface. Ackbar a besoin d'un chasseur là-haut et vous pourriez détourner un peu nos petits amis, là derrière.

Leader Vert et sa suite impériale virèrent dans un boyau latéral pour regagner la surface. Un chasseur Tie continua la poursuite, lâchant un feu nourri.

— L'Etoile Noire est en train de pivoter, lança dans le haut-parleur de Lando la voix d'Ackbar. On dirait qu'elle se place en position pour détruire Endor.
— Quel coefficient ? demanda Calrissian.
— Zéro virgule trois.
— Trop court ! On va manquer de temps.

Wedge s'interposa dans la transmission.

— On va manquer le puits aussi.

Au même instant, le *Faucon* raclait les bords de

l'ouverture, endommageant l'un de ses propulseurs auxiliaires.

— Là, il manquait un cheveu, commenta Lando.

— Gdzhng dzn, acquiesça le copilote.

**

L'œil collé au hublot panoramique, Ackbar scrutait le pont du superdestroyer impérial, distant de quelques milles. Toute la poupe était en feu et le vaisseau donnait nettement de la bande.

— On a annihilé leurs boucliers de proue, émit l'amiral dans le transpondeur. Visez le pont !

A cet instant, le groupe de Leader Vert surgit des structures de l'Etoile Noire.

— Contents de revoir l'espace, Amiral, commenta Leader Vert dans son communicateur.

— Torpilles à protons lâchées, signala Aile Verte.

Les torpilles atteignirent le pont, provoquant une réaction en chaîne de réacteur en réacteur. Dans un aveuglant arc-en-ciel d'explosions, le vaisseau parut se replier en accordéon et entama sa descente en spirale en direction de l'Etoile Noire.

La première explosion avait emporté Leader Vert, le feu d'artifice incontrôlé qui s'en était suivi, détruit trois autres chasseurs, deux croiseurs et un vaisseau d'ordonnance. Au moment où les restes du superdestroyer heurtèrent l'Etoile Noire, la réaction exothermique se communiqua à la station fortifiée, provoquant des coups de tonnerre répétés à travers tout le réseau de réacteurs, tandis que la puissance de l'impact faisait exploser les réserves de munitions.

**

Une première fois, l'Etoile Noire frémit sur ses bases. Et la collision avec le destroyer n'était qu'un début. Dans la station, une réaction en chaîne d'un autre type s'installa, allant de la destruction de réacteurs à la panique du personnel, de la panique aux abandons de poste, des abandons de poste au dysfonctionnement de divers systèmes sophistiqués et de là au chaos général.

La fumée était partout ; les grondements suspects émanaient de toutes les directions à la fois ; des hommes couraient, des cris s'élevaient. Ce n'étaient que courts-circuits, explosions de machines à vapeur, dépressurisation de cabines, interruptions de chaînes. A ajouter à cela le bombardement ininterrompu des croiseurs rebelles qui harcelaient l'ennemi effrayé, poussant à son comble une hystérie collective qui ne demandait déjà qu'à se déchaîner.

Car l'Empereur était mort. La puissante force coercitive qui constituait le ciment de l'Empire n'était plus. Livrée à elle-même, la face obscure ne pouvait conduire que là où elle conduisait présentement l'Etoile Noire : à la confusion, au désespoir, à la peur panique.

Au milieu de ce tumulte de fin d'un monde, Luke était parvenu à rejoindre la soute d'arrimage, dans laquelle il était en train d'essayer de transporter son père jusqu'à une navette impériale. Vador s'affaiblissait de minute en minute, ce qui ne facilitait pas la tâche du jeune Jedi déjà épuisé par l'expérience traumatisante qu'il venait de vivre. A mi-chemin, ses forces le trahirent et il s'effondra sur le métal froid.

Il se releva, comme un automate, rechargea sur son épaule le corps évanoui et avança en chancelant vers l'un des appareils. Une nouvelle fois, il déposa son père à terre pour reprendre des forces, l'oreille tendue aux bruits d'explosions qui se rapprochaient ; des étincelles sifflaient dans les structures métalliques ; les parois de la soute se boursouflaient, des fissures apparaissaient dans le sol qui frémissait sous ses pieds.

D'un geste las, Vador fit signe à son fils de s'approcher plus près.

— Luke, souffla-t-il, aide-moi à retirer ce masque.

Le jeune Jedi secoua la tête.

— Tu en mourrais.

— Je suis en train de mourir de toute façon, soupira Vador. Permets-moi de te voir face à face. Permets-moi de te voir avec mes propres yeux.

Luke avait peur. Peur de voir son père tel qu'il était réellement. Peur de découvrir qui avait pu devenir si sombre — ce même *qui* dont Leia et lui étaient les enfants. Peur de connaître le Anakin Skywalker qui vivait à l'intérieur de Dark Vador.

Vador, lui aussi, avait peur. De permettre à son fils de le voir à nu, de retirer ce masque qui, depuis si longtemps, faisait écran entre lui et le monde extérieur, ce masque noir grâce auquel il existait depuis vingt ans. Il avait été sa voix, sa respiration, son invisibilité, son bouclier. Pourtant, il allait le retirer ; parce qu'il voulait voir son fils avant de mourir.

Les mains du père et du fils soulevèrent le casque pesant de la tête de Vador. Elles durent encore débrancher le masque respiratoire, arracher les fils du modulateur vocal, détacher l'écran de la batterie fixée dans le dos. Mais lorsque le casque eut été finalement déposé sur le sol, Luke se retourna pour affronter calmement le visage de son père.

C'était le visage triste et doux d'un vieil homme. Chauve, imberbe, marqué d'une profonde cicatrice qui courait de son front à l'arrière de son crâne. Les yeux, troublés de larmes, étaient sombres, profondément enfoncés dans les orbites, la peau d'un blanc crayeux, faute d'avoir connu le soleil pendant les deux dernières décennies. Un léger sourire étirait les lèvres pâles, et pendant un instant, il ne fut pas très différent de Ben.

C'était un visage expressif que Luke se rappellerait toujours. Il s'y lisait le regret. Et la honte. Des souvenirs le traversaient... souvenirs d'heures riches. Et d'horreurs. Et d'amour aussi.

C'était un visage qui n'avait pas été en contact avec le monde depuis une vie entière — celle de Luke. Les narines se dilataient avec précaution pour capter une odeur. La tête s'inclinait légèrement pour écouter — écouter pour la première fois sans amplificateur électronique. Et Luke regrettait amèrement que les seuls sons à écouter présentement fussent les bruits d'explosions, les seules odeurs celles des isolants électriques fondus. C'était tout de même un contact direct, palpable.

Les yeux fatigués se fixèrent sur Luke. Deux larmes roulèrent sur les joues du jeune homme, tombèrent sur les lèvres de son père et son père sourit à leur goût de sel.

C'était un visage qui ne s'était pas vu depuis vingt ans.

Vador vit son fils pleurer, interpréta ces larmes comme des manifestations de l'horreur que le garçon ne pouvait qu'éprouver devant le visage qu'il contemplait et, momentanément, cela ne fit qu'ajouter à sa propre détresse : il se sentit coupable de la répugnance qu'il imaginait chez son fils. Puis, rapidement, lui revinrent les images de son apparence d'autrefois. Remarquable, noble, animé d'un haussement de sourcils qui suggérait l'invincibilité et faisait le tour des choses et des gens d'un seul mouvement, oui, voilà ce qu'avait été son visage d'autrefois.

Ce souvenir ouvrait la voie à d'autres réminiscences. Souvenirs de ses amis. De sa femme. De la liberté de l'espace. D'Obi-Wan et de l'amitié qui les avait liés et de la façon dont il avait tourné cette amitié. De certains de ces souvenirs, il ne voulait pas, pas maintenant. Souvenirs de lave en fusion, de reptation... non.

Ce garçon l'avait tiré de ce cratère, ici et maintenant,

en acceptant de le contempler à nu. Ce garçon était bon.

Le garçon était bon, et il était issu de *lui*. C'était donc qu'il devait y avoir du bon en *lui* aussi. Vador sourit à son fils, et pour la première fois, il l'aima. Et pour la première fois depuis vingt longues années, il s'aima lui-même.

Une odeur oubliée vint soudain effleurer ses narines. Il renifla une seconde fois. Des fleurs sauvages, c'était cela qu'il avait senti. Ce devait être le printemps.

Et voilà que le tonnerre se mettait de la partie. Il pencha la tête, tendit l'oreille... Oui, un orage de printemps, annonçant une pluie de printemps.

Ça y était. Il sentait une goutte de pluie sur ses lèvres. Il lécha délicatement la gouttelette... Mais non, ce n'était pas de l'eau douce, c'était salé, c'était... une larme.

A nouveau, il accommoda sur son fils. C'était bien cela : son fils pleurait ; ce qu'il avait sur les lèvres, c'était le goût du chagrin de son fils. Parce qu'il était horrible. Extérieurement et intérieurement.

Alors, Vador voulut apaiser le chagrin de Luke. Il voulut qu'il sache qu'au fond de lui quelque chose n'était pas, n'était plus horrible. Il secoua légèrement la tête et avec un petit sourire qui reléguait à l'arrière-plan la bête immonde dont il imposait la vue à son fils :

— Nous sommes des êtres de lumière, Luke, prononça-t-il. Pas cette matière brute.

Luke aussi secoua la tête, pour rassurer son père, chasser la honte du vieil homme, lui dire que rien de ce qu'il avait fait n'avait plus d'importance, lui dire tous ces mots que ses lèvres n'arrivaient pas à prononcer.

Vador prit à nouveau la parole, d'une voix encore affaiblie, presque inaudible.

— Va, mon fils. Laisse-moi.

Luke retrouva aussitôt sa voix.

— Non. Tu m'accompagnes. Je ne te laisserai pas ici. Je dois te sauver.

— Tu m'as déjà sauvé, Luke.

Vador poussa un soupir. Dommage qu'il n'ait pas eu l'occasion de rencontrer Yoda afin de remercier le vieux Jedi de la formation qu'il avait prodiguée à son fils... Mais, peut-être allait-il bientôt être réuni à Yoda, dans l'unité de la Force, sous d'autres cieux. Ainsi qu'à Obi-Wan.

— Père, je ne te laisserai pas, protesta Luke.

Les explosions menaçaient sérieusement de désintégrer la soute. Les parois s'écroulaient par pans entiers, les fissures s'élargissaient. Un jet de flammes bleues jaillit d'une tuyère à gaz et le sol commença à se dissoudre sous elle.

Vador attira Luke plus près, lui murmura à l'oreille :

— Luke, tu voyais juste... à mon sujet... Dis-le à ta sœur... Tu avais raison.

Les yeux du vieil homme se fermèrent et Dark Vador/Anakin Skywalker mourut.

Une explosion terrifiante emplit de flammes tout le fond de la soute, projetant Luke à plat ventre sur le sol. Lentement, le jeune homme se releva, et avec des gestes mécaniques s'avança vers l'une des navettes restantes.

Le *Faucon Millennium* poursuivait sa course en zigzag à travers le labyrinthe des conduits d'alimentation énergétiques, se rapprochant de seconde en seconde du cœur même de l'Etoile Noire : le réacteur principal. Les croiseurs rebelles bombardaient sans répit la superstructure exposée de la station qui gémissait et frissonnait tandis que la fièvre de la désintégration brûlait ses entrailles.

Dans le poste de contrôle de l'Etoile Noire, le commandant Jerjerrod ruminait de sombres pensées. La moitié de son personnel était mort, blessé ou en fuite... vers quel refuge ?... Le reste errait en vain, ou se rendait, ou faisait feu dans n'importe quelle direction, ou donnait des ordres pour donner des ordres, ou encore se concentrait désespérément sur une tâche comme si cela devait les sauver. Ou, comme lui, ruminait de sombres pensées.

Jerjerrod ne parvenait pas à imaginer où il avait commis une erreur. Il s'était montré patient, il s'était montré loyal, perspicace, il s'était montré dur. Il était le commandant de la plus grande station fortifiée jamais construite. Ou, du moins, presque construite. Et il haïssait maintenant l'Alliance Rebelle, d'une haine puérile, sans concessions. Il l'avait chérie autrefois, comme le plus petit que l'on peut brutaliser, le bébé animal qui fait ses griffes et que l'on peut torturer. Mais le petit avait grandi ; l'animal avait appris où et comment planter ses griffes..

Jerjerrod haïssait l'Alliance.

Il n'y avait malheureusement pas grand-chose qu'il pût faire pour assouvir sa haine. Sauf, peut-être, détruire Endor. C'était un acte vraiment limité, bien sûr, un acte symbolique, mais délicieusement satisfaisant. Il allait détruire une planète verte, vivante, gratuitement, pour le seul plaisir de la destruction.

Un officier d'ordonnance pénétra dans le poste.

— La flotte rebelle se rapproche, mon Commandant.

— Concentrez toute la puissance de feu sur ce secteur, répondit distraitement Jerjerrod.

Distraitement, il enregistra l'explosion d'une console sur le mur opposé.

— Les chasseurs qui ont pénétré dans la superstructure échappent à notre système de défense, mon Commandant. Ne faudrait-il pas ?...

— Inondez les secteurs 304 et 138. Cela devrait les retarder suffisamment.

Le haussement de sourcils qui accompagnait cet ordre étonnant n'inspira guère l'officier d'ordonnance qui, déjà, abritait quelques doutes quant au fait que Jerjerrod eût la situation bien en main.

— Mais, mon Commandant...

— Quel est le coefficient de rotation à appliquer pour avoir Endor dans notre ligne de tir ?

L'ordonnance consulta le terminal.

— Zéro virgule deux, mon Commandant. Mon Commandant, la flotte...

— Accélérez la rotation. Vous ferez feu dès qu'Endor sera à portée.

— Bien, mon Commandant.

L'officier pressa une série de touches.

— Rotation en accélération à zéro virgule deux, mon Commandant. Objectif en vue dans soixante secondes, mon Commandant. Au revoir, mon Commandant.

Une explosion secoua le poste de contrôle. L'ordonnance déposa la commande du détonateur dans la main de Jerjerrod et se rua sur la porte.

Jerjerrod adressa un sourire tranquille à l'écran de visualisation : Endor commençait à émerger derrière l'Etoile Noire. Le commandant caressa voluptueusement le dispositif de commande à distance qui reposait dans sa main. Des cris s'élevèrent dans la pièce voisine.

Plus que trente secondes.

*
**

Dans le puits du réacteur, Lando touchait au but. Derrière lui ne restaient que Wedge et Aile Dorée. Plusieurs chasseurs Tie continuaient la poursuite.

Le pilotage requérait une attention de chaque instant dans cette partie du boyau. Toutes les cinq ou dix secondes, il fallait virer sec entre des parois à peine plus larges que l'appareil. Un avion impérial explosa contre un mur ; un autre abattit Aile Dorée.

Les canonniers de queue du *Faucon* faisaient des prodiges pour tenir à distance les chasseurs Tie. Enfin le cœur du réacteur principal fut en vue. Jamais Lando n'avait vu pareil colosse.

— Il est trop gros, Leader Doré, appela Wedge. Mes torpilles à protons ne l'ébrécheront même pas.

— Tu t'occupes du régulateur de la tour nord. Je prends le réacteur. J'ai à bord des missiles à percussion ; ils devraient pouvoir rentrer là-dedans. Mais une fois que je les aurai lâchés, on n'aura plus beaucoup de temps pour filer.

— Je suis déjà parti, s'exclama Wedge.

Avec un cri de guerre corellien, il mit à feu ses torpilles et dégagea au ras de la tour nord touchée des deux côtés.

Le *Faucon* attendit encore trois dangereuses secondes, puis libéra ses missiles à percussion. Pendant une interminable seconde encore, l'éclair de l'impact rendit toute observation impossible, puis le réacteur commença à se désintégrer.

— Coup direct ! hurla Lando. Et maintenant, le plus dur reste à faire.

Le puits commençait déjà à s'écrouler au-dessus de lui, créant un effet de tunnel. Le *Faucon* filait entre les murs de flammes, des parois qui se déformaient, à la limite de la chaîne continue d'explosions.

Wedge émergea de la structure à une vitesse quasi transluminique, frôla la face visible d'Endor et fila droit dans l'espace. Il ralentit enfin et fit décrire un large arc de cercle à son appareil pour revenir se poser à l'abri sur la lune.

Quelques instants plus tard, c'était Luke qui s'échappait de la soute d'arrimage, au moment où toute cette section de l'Etoile Noire commençait à se désintégrer. Dans sa navette déstabilisée qui donnait de la bande, lui aussi prit le chemin du vert sanctuaire.

Et finalement, comme craché par les flammes mêmes de la conflagration, le *Faucon Millennium* jaillit de l'enfer, quelques secondes seulement avant que la station ne s'anéantisse dans un oubli aveuglant, telle une fulminante supernova.

Quand l'Etoile Noire explosa, Yan était en train d'installer le bras blessé de Leia dans une gouttière faite d'une tige de fougère géante. Comme tous ceux qui se trouvaient sur Endor, à des endroits et dans des situations divers — Ewoks, prisonniers impériaux ou soldats rebelles —, Yan leva les yeux vers ce fulgurant éclair d'autodestruction qui flamboyait dans le ciel sombre.

La main de Leia toucha sa joue et Yan se pencha pour embrasser la jeune femme. Mais il se redressa en voyant les yeux de Leia rivés sur le ciel étoilé.

— Tu n'as pas à t'en faire, dit-il d'un ton léger qui masquait le choc qu'il venait d'éprouver. Je veux bien parier tout ce que tu veux que Luke s'est sorti de là à temps.

Leia hocha lentement la tête.

— Il s'en est sorti à temps, affirma-t-elle. Je le sens.

La présence vivante de son frère parvenait jusqu'à elle, par l'intermédiaire de la Force. Elle aussi s'étira jusqu'à lui, pour le rassurer sur son sort. Tout était dans l'ordre.

Yan posa sur la jeune femme un regard empli d'un amour profond, d'un amour particulier. Parce que c'était une femme particulière. Une princesse non par le titre mais par le cœur. Sa détermination l'impressionnait, même si ou surtout parce qu'elle n'en faisait pas étalage. Autrefois, ce qu'il avait voulu, Yan l'avait voulu pour lui-même ; aujourd'hui, il voulait tout pour elle. Tout ce qu'*elle* voulait. Et l'une des choses que, manifestement, elle voulait chèrement, c'était Luke.

— Tu tiens beaucoup à lui, n'est-ce pas ?

Elle acquiesça de la tête sans cesser de scruter le ciel. Il était vivant, Luke était vivant. Et l'autre — l'Ombre — était mort.

— Je comprends, poursuivit Yan. Eh bien, écoute.

Quand il reviendra, je ne me mettrai pas en travers de votre route...

Leia cilla à plusieurs reprises, subitement consciente qu'ils n'étaient pas sur la même longueur d'ondes.

— Mais de quoi parles-tu ?...

A voir le visage décomposé de Yan, elle comprit de quoi il parlait.

— Oh ! non ! dit-elle en riant. Ça n'a rien à voir. Luke est mon *frère*.

Yan passa successivement par les stades de la stupéfaction, de l'embarras et de l'exultation. C'était parfait. *Parfait*.

Il enleva Leia dans ses bras, la pressa contre lui, l'étendit dans les fougères... et en prenant bien soin de ne pas heurter son bras blessé, il s'étendit à côté d'elle sous la lueur déclinante de l'Etoile.

Luke était debout dans une clairière, face à un tas de bois et de branchettes. Devant lui, allongé sur le monticule dans sa longue tunique, reposait le corps sans vie de Dark Vador. Luke approcha une torche du bûcher funéraire.

Au moment où les flammes enveloppèrent le corps, une légère fumée s'éleva des ouvertures du masque, évoquant un noir esprit enfin délivré. Silencieusement, Luke adressa un dernier adieu à la silhouette en train de disparaître. Lui seul avait cru en la petite étincelle d'humanité cachée au plus profond de son père. Maintenant, cette rédemption s'élevait avec les flammes dans la nuit.

Luke suivit des yeux les flammèches qui montaient vers le ciel. Dans sa vision intérieure, elles se mêlaient aux feux d'artifice que donnaient les chasseurs rebelles pour célébrer la victoire ; aux feux de joie qui pointillaient les bois et les villages des Ewoks — des feux d'exultation, de réconfort et de triomphe. Il pouvait même entendre battre les tambours et la musique onduler à la lumière des feux, les vivats saluer les braves. Le salut de Luke fut muet, adressé aux feux de sa victoire sur lui-même et de la perte de son père.

*
**

Un énorme feu de joie brûlait au centre du village suspendu. Cette nuit, il ne s'éteindrait pas. Rebelles et Ewoks mêlaient leur joie — dansant, chantant et riant, dans le langage universel des libérations. Même Teebo et D2 s'étaient réconciliés et menaient ensemble une petite gigue, rythmée par des claquements de mains. 6PO, son heure divine reléguée dans le passé, s'estimait satisfait d'être assis à proximité du petit droïd tourbillonnant qui était son meilleur ami. Il rendait grâce au Grand Ingénieur de ce que, aidé il est vrai par la princesse Leia, le capitaine Solo eût pu réparer D2. Pour un homme aussi dépourvu de savoir-vivre, Solo avait ses bons moments. Et il rendait également grâce au Grand Ingénieur de ce que la guerre fût terminée.

Les prisonniers avaient été embarqués dans des navettes et renvoyés à ce qui restait de la flotte impériale. Les croiseurs de l'Alliance se chargeaient de régler les divers problèmes. Quelque part, là-haut, l'Etoile Noire s'était éteinte.

Yan, Leia et Chewie s'étaient retirés à quelque distance du lieu des festivités. Ils s'étaient assis tout près les uns des autres ; ils se taisaient. Périodiquement, ils jetaient un coup d'œil en direction du sentier qui conduisait au village. Ils attendaient ; ils s'efforçaient de ne pas attendre ; ils étaient incapables de quoi que ce soit d'autre.

Et finalement, leur patience obtint sa récompense. Ils virent s'avancer, émergeant de la nuit, Luke et Lando chancelants d'épuisement. Ils se ruèrent en avant pour les accueillir. Ce furent d'abord des étreintes, des cris de joie, des bonds et des chutes, puis, leur trop-plein de joie apaisé, les cinq amis se laissèrent tomber sur un tronc d'arbre et restèrent là, serrés les uns contre les autres à jouir simplement de ce contact.

Ils n'eurent pas longtemps à attendre pour que les deux droïds fassent leur apparition à leur tour et viennent prendre place aux côtés de leurs chers camarades.

A proximité, les Ewoks continuaient leurs gambades et leurs manifestations de jubilation, sous les regards de la petite compagnie. Les yeux plongés dans le feu, Luke crut, le temps d'un évanescent moment, y voir danser des visages : Yoda, Ben... et là, était-ce son père ?... Il s'écarta de ses compagnons pour tenter de saisir ce que lui disaient ces visages ; mais ils étaient éphémères et ne parlaient qu'aux ombres des flammes. Ils disparurent.

Un peu attristé, Luke sentit la main de Leia prendre la sienne pour le ramener vers elle, vers les autres, vers le cercle de la chaleur, de la camaraderie, de l'amour.

L'Empire était mort.

Longue vie à l'Alliance.

*Achevé d'imprimer en août 1995
sur les presses de l'Imprimerie Bussière
à Saint-Amand (Cher)*

POCKET - 12, avenue d'Italie - 75627 Paris Cedex 13
Tél. : 44-16-05-00

— N° d'imp. 2156. —
Dépôt légal : mars 1992.
Imprimé en France